나는 동물

나는 동물

홍은전 지음

봄날의책

"나는 동물"이라고 말해도 될까.
"나는 인간"임을 외치며 싸우는 장애인들 옆에서,
이 사회에서 동물이 어떤 삶을 사는지 증언하는
수많은 동물들의 죽음 위에서,
비장애인이면서 인간인 내가 감히 그렇게 말해도 될까.

　잘 써지지 않는 이 글을 붙들고 씨름하던 어느 오후,
황윤 감독 특별전에 가서 영화 〈작별〉(2001)을 보았다.
서울대공원 동물원에 사는 야생동물들에 대한 다큐였
다. 어두운 철창 속에서 태어나 그 속에서 죽는 동물들
의 처연한 얼굴과 눈빛, 신음과 포효가 동굴 같은 극장
을 가득 채웠다. 인간 사육사가 아기 호랑이 크레인의
야생성을 죽이기 위해 목줄을 매어 문고리에 묶어두자,
어떻게든 벗어나보려고 온몸으로 버둥대는 어린 맹수
의 모습을 볼 때는 조금 울고 싶었다. 영화가 끝난 뒤 관
객과의 대화에서 황윤 감독은 크레인의 삶과 죽음에 대
해 이야기하다가 잠시 말을 잇지 못했다.
　안면장애가 있어 전시 동물로서 상품성이 떨어졌던

크레인은 아기 호랑이 시절 바짝 동물원 홍보에 이용된 뒤 열악한 사설동물원 원주 드림랜드로 팔려 갔다. 이후 경영난에 부딪힌 드림랜드가 동물들에게 먹이조차 제대로 주지 않는 실상이 알려지면서 여론이 들끓었고, 크레인은 다시 서울대공원으로 보내졌다. 크레인의 존재는 '동물원 및 수족관의 관리에 관한 법률'이 제정되는 계기가 되었지만 철창에 갇힌 그의 삶은 달라지지 않았다. 크레인은 그곳에서 몇 년 더 살다 죽었다.

영화가 끝난 뒤 하염없이 걷고 싶어져서 해 질 녘 한강으로 갔다. 단정하게 조성된 드넓은 강변 시민공원을 산책하는 사람들을 바라보며 조심조심 걸었다. 몸속에 작은 철창이 하나 생긴 기분이었다. 그 안에서 엄마를 잃은 아기 호랑이 크레인이 철창을 붙들고서 목이 쉴 정도로 울었다. 황윤 감독의 눈물을 보지 못했다면 나는 무겁게 가라앉았을 것이다. 하지만 나는 절망하지 않았고 다만 간절해졌다. 크레인의 존재를 알게 된 것도, 그의 이름을 부르다 목이 메여 침묵하는 어떤 인간을 만난 것도, 그런 이들이 이 폭력을 규제할 새로운 법을 만들었다는 역사도 벅찬 희망이었다.

 2015년 12월부터 한 달에 한 번씩 《한겨레신문》에 칼럼을 쓰기 시작해 2023년 4월까지 썼고, 2020년 10월까지 쓴 글을 묶어 《그냥, 사람》을 냈다. 그 책의 마지막에 실릴 칼럼을 쓸 때 나는 마치 내 인생의 한 장(章)이 끝나는 기분이었고, 거기에 맞는 마무리를 하고 싶었다. 글을 쓰기 위해 경기도 화성 도축장 앞으로 갔고, 거기서 종차별에 저항하는 인간들의 이야기를 들었다. 그리고 '처음부터 다시'라는 제목의 글을 썼다. 그들로부터 차별이나 폭력뿐만 아니라 해방이나 연대, 인간다움과 아름다움, 사랑과 혁명에 대해서도 처음부터 다시 배우고 싶었다. 한 달이 지나 새로운 칼럼을 써야 할 때가 되었을 때 나는 또다시 비장해졌다. 내 인생의 새로운 장이 시작되었기 때문이다. 그때 쓴 글의 제목이 '나는 동물이다'였다. 이 문장을 쓸 때 내가 얼마나 용기를 내야 했는지, 얼마나 두렵고 설레었는지 아직도 생생하다.

낮에는 인간을, 밤에는 동물을 생각하며 지냈다. 두 가지를 구분해두지 않으면 낮에 일이 손에 잡히지 않아서 그렇게 정한 것이었지만, 실상은 보통의 현대인이 그렇듯 낮의 일이 밤까지도 끝나지 않는 나날이었다. 낮의 일이란 장애인 차별에 저항하는 인간들의 생애를 기록하는 것이었다. 한 사람 한 사람의 고유한 생애를 듣고 쓰는 작업은 아주 신비하고 아름답고 거대해서 엄청난 고통과 희열을 동시에 안겨주었다. 어느 때보다 장애인 권리운동이 열렬히 타올랐고 맹렬히 공격받았다. 나는 간절하게 그 일을 잘해내고 싶었다.

동물이 잔혹하게 착취당하고 살해되는 뉴스가 눈에 띄면 마음이 요동쳐서 얼른 기사를 닫았다. 나는 동물권이라는 세계에 거의 사로잡혀 있었으므로, 내 의식으로부터 그들을 밀어내기 위해 부단히 애써야 했다. 일을 하려면 눈도 귀도 닫아야 했지만 그게 미안해서 또 괴로웠다. 하지만 나는 이 세계를 알기 이전으로 돌아갈 수 없었다. 저항하는 인간들의 증언이나 글을 읽으면 갇혀 있거나 탈주하는 동물이 겹쳐 보였다. 억압받는 인간의 권리를 옹호하는 아름다운 문장을 만나면 나도 모르게 '인간'의 자리에 '동물'을 넣고 있었다. 도무지 끝날 것 같지 않은 낮의 일을 붙들고 씨름하면서도 언제나 밤이 오기를 기다렸다.

　이 모든 건 고양이 카라로부터 시작되었다.

　2019년 카라를 입양하고 그와 함께 보낸 첫여름을 생각하면, 굴속에서 쑥과 마늘만 먹으며 100일을 견딘 곰이 마침내 인간이 되었다는 어떤 신화적 시간을 통과한 기분이다. 인간이 된 곰의 후손인 나는 수천 년 뒤 작은 맹수와 함께 살며 동물을 먹지도 입지도 쓰지도 않으며 100일을 견딘 결과 다시 동물이 되었다.

　세상에, 동물이 되었다니.

　오버하지 말라고 누군가 코웃음 치는 소리가 들리는 것 같다. 하지만 사실이다. 나는 동물이 되었다. 곰이 인간이 됐다는 것만큼 황당한 이야기는 아니다. '인간도 동물'이라는 지루할 만큼 사실인 그것을 비로소 자각한 '인간 동물'이 되었다는 뜻이다. 그것은 인간의 확장이 아니라 인간밖에 모르던 세계의 무너짐이다. '인간은 만물의 영장이며 인간이 동물을 이용하고 죽이는 것은 자연의 섭리'라고 믿었던 세계가 무너짐으로써, 나의 세계는 빛의 속도로 확장되었다. 이전에는 보이지도 들리지도 않았던 목소리들이 쓰나미처럼 나를 덮쳐 왔다. 20여 년 전 장애인권운동을 만났을 때처럼, 나는 동물권운동을 만나 이전과 다르게 보고 다르게 듣고 다르게 말한다. 다른 근육과 감각을 쓰게 되었다는 것, 그것은 다시 태어났다는 뜻이다.

변변한 동물권 활동에 참여해본 적 없으면서도 신문에 기재되는 나의 직함을 '인권기록활동가'에서 '인권·동물권기록활동가'로 바꿨다. 내 직함이, 그러니까 '인권'이 내가 간절하게 전하고자 하는 엄청난 차별과 저항을 전혀 포함하지 못할 뿐 아니라 오히려 밀어내고 있었기 때문이었다. '인간은 동물이 아니니까.' 오랜 시간 의심한 적 없었던 바로 그 생각이 내가 눈뜬 어마어마한 폭력의 이유였다.

하지만 나는 카라와 함께 살며 내가 인간다운 것이라

여겼던 것들이 실은 동물다운 것임을 깨달았다. 자유롭고 싶고 사랑하고 싶고 연대하고 저항하고 싶은 열망과 투쟁 말이다. 인간이 독점해버린 아름다운 가치들을 동물이란 이름에게 돌려주고 싶었다. 그것은 인간과 동물 모두를 새롭게 정의하는 일이다. 억압받는 자들의 자리에서 세상을 다시 정의하는 것, 그것이 내가 저항하는 장애인들로부터 배운 일이었다.

《그냥, 사람》이 출간되었을 때 철학자 고병권 선생님은 무려 '두 번째 사람 홍은전'이라는 제목의 글을 써주셨다. 차마 두 눈을 뜨고 볼 수가 없어서 한 눈을 감고 읽었다. 저항하는 인간의 슬픔과 기쁨, 자부심을 더없이 아름답게 보여준 그 글을 읽으며 가슴이 점점 벅차오르다가 마지막 문장에서 결국 울고 말았다. 이렇게 끝나는 글이다.

"추신: 홍은전은 이제 비인간 동물의 슬픔을 기록하는 인간 동물이 되기로 결심한 것 같다. 충혈된 눈을 하고 있는 첫 번째 동물 곁을 지키는 '두 번째 동물'이 되기로."

이제 나에겐 '인간'보다 '동물'이 더 해방적인 단어처럼 느껴진다. 때론 좋은 사람이 되고 싶다는 말이 좋은 비장애인이나 좋은 이성애자가 되고 싶다는 말처럼 낯설게 들린다. 나는 좋은 동물이 되고 싶다.

《한겨레신문》과 다른 지면에 쓴 글들을 함께 묶었다. 모두 장애와 동물에 관해 쓴 글이다. 내가 밤낮으로 사랑하고 나를 사로잡은 두 세계의 이야기다. 세상에서 가장 만연한 차별인 비장애중심주의와 인간중심주의에 맞서는 존재들의 이야기를 연결할 수 있어 기쁘다. 우리는 모두 '그냥 사람'이고 사람은 누구나 평등하게 동물이다. "우리는 인간"임을 외치며 싸우는 이들과 "우리는 동물"임을 외치며 싸우는 이들 모두에게 존경과 연대의 마음을 보낸다.

2023년 10월 카라, 홍시, 교현의 곁에서

차례

1

나는 동물이다

1970년 미국의 영장류연구소에서 침팬지의 언어 능력을 연구하던 로저 파우츠 박사는 어린 침팬지였던 부이에게 수어를 가르쳤다. 부이는 50개 이상의 단어를 외웠고 문장을 만들어 질문했으며 세계에 대해 논평할 수 있었다. 연구소는 동물들에게 위험한 곳이었다. 침팬지들은 처우 개선을 요구했고 외로운 케이지에서 나가게 해달라고도 했다. 파우츠는 자신이 '친절한 간수' 같다고 생각했다. 연구가 끝나자 그는 죄책감을 안은 채 떠났고 부이는 동물실험을 하는 곳으로 팔려 갔다. 그곳에서 부이는 과학자들에 의해 고의로 바이러스에 감염되었고 13년간 케이지에 갇혀 혼자 지냈다.

세월이 흘러 파우츠는 방송사로부터 침팬지의 현실을 다루고 싶다는 연락을 받았고 방송이 부이를 자유롭게 만들어줄 수 있다는 기대로 출연을 결심했다. 1995년 둘은 다시 만났다.

"안녕, 부이. 나를 기억해?"

부이는 무척 기뻐하며 손가락을 머리 한가운데로 그었다. 그것은 25년 전 파우츠가 부이에게 붙여준 수어

이름이었다.

"부이, 나 부이야."

부이는 파우츠에게 손을 내밀었고 침팬지의 애정 표현인 털고르기를 해주었다. 파우츠는 이렇게 썼다.

"인간이 한 모든 짓에도 불구하고 부이는 여전히 순수하다. 이처럼 너그러운 정신을 가진 사람이 얼마나 될까? 부끄러움이 밀려왔다."

방송이 나가자 대중들의 격렬한 반응이 일었고 부이는 비영리 동물보호소로 옮겨졌다. 이것은 수나우라 테일러가 장애해방과 동물해방에 대해 쓴 책 《짐을 끄는 짐승들》(오월의봄, 2020)에 나온 이야기다. 초점을 잃었던 부이의 눈빛이 파우츠를 알아보고 다시 반짝이기 시작했을 순간을 상상하면 언제나 눈물이 난다. 하지만 이 가슴 시린 이야기의 끝에 테일러는 우리에게 이렇게 묻는다.

"왜 수어를 모르는 침팬지는 외롭게 감금되고, 그렇지 않은 침팬지는 대중적 항의를 불러일으키는가. 언어는 어떻게 그런 권력을 갖게 되었나. 우리가 케이지에서 꺼내고 싶은 것은 침팬지가 아니라 언어라는 인간적 능력이 아닌가."

나는 이 질문에 사로잡힌 채 몇 개월을 보냈다.

나는 인권이 짓밟힌 사람들의 이야기를 기록한다. 장애인이나 부랑인 수용소의 생존자 같은 이들을 만나 '말로는 설명할 수 없다'는 것을 기어이 말하게 하고 그것을 글로 바꾸는 일이다. 삶이 부서진 사람들의 말은 갈가리 찢기고 조각나 있기 일쑤였다. 장애 때문이기도 하고 낮은 교육 수준이나 트라우마 때문이기도 했다. 그 파편들을 모아 거기에 논리와 서사를 부여하는 일, 그래서 하나의 이야기를 완성하는 게 내 역할이다. 그것은 내가 그들을 이해하는 과정이기도 했다. 하지만 나는 내가 기록한 글을 보며 자주 공허함을 느꼈다. 현실의 그들은 '짐승처럼' 울었는데 글 속엔 '인간'만 보일 때 그랬다.

출구가 필요했으므로 어쩔 수 없다고 여겼다. 인간의 공감을 얻으려면 인간의 언어를 써야 했다. 인간이란 비장애인이고 그 언어는 교양 있는 사람들이 쓰는 서울말이다. 그러니까 나는 내가 파우츠 같다고 생각했다. 언어를 통해 누군가의 해방을 도우려는 인간의 모순과 번뇌를 알 것 같다고.

그러나 시간이 갈수록 점점 나는 내가 부이였다는 걸 깨달았다. 갇힌 건 바로 나 자신이었다. 누군가의 고통을 기록하면서 나는 언어가 얼마나 대단한 힘을 가졌는지 알아갔다. 그리고 그만큼 두려움도 커져갔다. 내가 만난 인간들은 내가 가진 언어보다 언제나 훨씬 더 복잡했고 거대했기 때문이다. 항상 출구를 찾아 헤매는 기분이었고 제대로 된 언어만이 그 열쇠라고 믿었다. 나는 점점 더 불안해졌고 잠을 잘 이루지 못했다.

해방은 벼락같이 찾아왔다. 단어와 문장, 이성과 공감 같은 것들로 꽉 차 있던 나의 감옥에 작은 고양이가 사뿐사뿐 걸어 들어온 날이었다. 그가 지나는 자리마다 내가 추구했던 모든 인간적인 것들의 권위가 추풍낙엽처럼 떨어졌다. 그리고 그 자리에 새로운 언어가 자라났다. 몸으로 말하고 현재를 살며 서로의 작은 몸짓에 주의를 기울여야 하는 동물적 언어. 그것이 미치도록 좋았다.

불안으로 쉽게 잠들지 못하는 밤엔 고양이를 쓰다듬

는다. 그는 몸통 어딘가를 울려 그르렁그르렁 낮은 진동 소리를 낸다. 인간이 이해할 수 없고 언어가 흉내 낼 수 없는 세계가 있다는 걸 받아들이며 잠이 든다. 동물의 해방을 위해 무엇이든 하고 싶다는 마음은 공감이나 죄책감 같은 인간적인 것과 상관이 없다. 오히려 그 반대다. 나는 내가 너무 인간인 것에 지쳤고 동물적인 관계 속에서 말할 수 없는 기쁨과 해방감을 느낀다. 기쁨만큼 슬픔을 바라볼 힘이 생기고 해방감만큼 책임감이 생긴다. 나는 동물인 것이다. (2020. 10. 11)

짐을 끄는 짐승들

2016년 어느 날 나는 장애등급제 폐지를 위한 농성장에 앉아 있었다. 맞은편에는 열두 개의 영정이 놓여 있었다. 농성이 진행 중이던 4년 동안 불에 타 죽고 맹장이 터져 죽고 시설에 감금된 채 맞아서 죽은 장애인들이었다. 어떻게 인간이 이렇게 많이 죽을 수 있을까. 죽은 자들의 얼굴을 물끄러미 바라보다가 여기가 세상의 밑바닥이구나, 생각했다.

장애의 경중에 등급을 매겨 복지 서비스를 제공한다는 장애등급제는 실상 예산을 아끼려는 정부가 장애인에게 서비스를 주지 않기 위해 악용하는 도구였다. 칼자루를 쥔 정부가 마구 휘두르는 칼날에 장애인들의 팔다리가 잘려나가고 있었다. 나는 시민들에게 몸통이 잘린 '한우 1등급'의 그림을 보여주면서 "장애인은 소, 돼지가 아니잖아요"라며 서명을 부탁했다.

2020년 어느 날 나는 경기도의 도살장 앞에 서 있었다. 살아 있는 돼지를 가득 실은 트럭이 끊임없이 도살장 안으로 들어갔다. 죽음의 속도에 나는 압도되었다. 장애인의 현실을 비유하기 위해 동원했던 존재들의 진짜 현실이었다. 장애등급제가 폐지되고 장애인들이 철수한 자리에 그들이 그대로 남아 있었다. 겁에 질린 돼지들 옆에 한 무리의 인간이 있었다.

그들은 인간이 동물을 감금하고 강간하고 새끼를 빼앗고 살해하는 것은 전혀 당연하지 않다며 그것을 '종차별'이라 불렀다. 몹시 충격적이면서도 익숙한 말이었다. 아니, 익숙했기 때문에 충격적이었다. '동물'의 자리에 '장애인'을 넣으면 그것은 내가 무수히 반복해온 말이었다. 나는 이 놀라운 존재들을 나의 동료들에게 달려가 알려주고 싶었지만 어쩐지 한 마리 짐승처럼 말도 함께 잃은 기분이었다. 그날의 기억이 걸리는 것이다.

3년 전 장애인들은 '나는 개가 아니다, 나는 ○○○(이름)이다'라는 선언을 장애심사센터 건물의 외벽에 붉은 페인트로 커다랗게 쓰는 시위를 했다. 그런데 어떤 사람이 이 퍼포먼스가 동물을 차별했다며 문제를 제기했고, 온라인상에서 동물권 옹호자와 장애 인권 옹호자 사이에 격렬한 설전이 벌어졌다. 장애인들의 시위 방식이 '불법'이라는 비난은 익숙했지만 우리들의 구호가 개와 돼지를 무시하고 있다는 공격은 처음이라 무척 당황스러웠다. 동물권에 대한 인식이 없던 사람들에게 불행히도 그것은 또 다른 차원의 '짐승 취급'처럼 느껴졌다. '우리가 지금 개, 돼지에 밀린 거야?' 하면서.

그럼에도 나는 이 새로운 적들이 그저 신기했다. 인간이 아니라 '개, 돼지'에게 감정이입 하는 존재가 있다는 사실과, 그런 입장을 '우리를 개, 돼지 취급하지 말라' 외치는 장애인들 앞에 드러내는 용기가 놀라웠기 때문이었다. 강 건너 불구경하듯 이 싸움을 관전했던 나와 달리 이 위험한 전장에 뛰어든 양측 선수들은 그날 밤 몹시 진지했고 그만큼 상처 입었다.

이제 나는 그들의 마음을 알 것 같다. 개와 돼지들이 어떻게 살고 살해되는지 알게 되었기 때문이다. 하지만 시간을 되돌려 그때로 돌아간다 해도 나는 그들의 편에 서지는 못할 것 같다. 장애인이 어떻게 살고 죽는지 잘 알기 때문만은 아니다. 나를 정말로 어렵게 하는 건 내가 비장애인이라는 사실이다. 한 번도 '짐승 취급' 당해 본 적 없는, 인간임을 입증하기 위해 이번 생을 다 쓰지 않아도 되는 이미 충분한 인간 말이다.

 그의 문제 제기는 옳았지만 나는 그를 옹호할 수 없다. 동시에 나는 우리를 옹호하면서도 우리가 틀렸다고 말하고 싶다. 아니, 나는 둘 모두를 옹호하는 법을 찾고 싶다. '장애인도 인간이다'라고 외치는 인간들과 '인간도 동물이다'라고 외치는 동물들의 사이는 내가 경험한 가장 가깝고도 먼 거리다. 한마디를 꺼내기도 조심스럽다. 장애인들이 수십 년간 싸워서 얻은 자그마한 성과를 짓밟게 될까 봐, 무엇보다 나의 동료들에게 미움받을까 봐 두렵기 때문이다.

 《짐을 끄는 짐승들》은 이렇게 시작하는 책이다.

 "동물 산업 곳곳에 장애화된 몸이 있다. 또한 동물과 장애인이 억압당하는 방식은 떼려야 뗄 수 없다. 이런 생각이 떠올랐다. 만약 동물과 장애를 둘러싼 억압이 서로 얽혀 있다면 해방의 길 역시 그렇지 않을까."

 책을 펼치자마자 신이 나서 나는 발을 동동 굴렀다. 관절굽음증이라는 장애가 있는 수나우라 테일러는 어떤 몸들을 열등하다고 낙인찍고 감금하고 때리고 죽일 수 있는 존재로 바라보는 한 동물해방도 장애해방도 이뤄질 수 없음을 치열하게 보이며, '짐'과 '짐승'으로 제시되어온 이들이 서로를 끌어주며 함께 나아가자고 손을 내민다. 모든 인간은 평등하다고 외치는 인간들과 모든 동물은 평등하다고 외치는 동물들이 함께 둘러앉아 이 책을 읽고 싶다. 경쟁과 효율, 이성과 언어를 중심에 두지 않는 새로운 삶의 방식을 상상하며 서로가 꿈꾸는 세계가 놀랍도록 닮아 있음을 기쁘게 확인하고 싶다. (2020. 11. 8)

인간적인, 너무나 인간적인

지난해 여름 김향기는 충주의 어느 도계장 앞에 있었다. 5,000여 마리의 닭이 층층이 쌓여 실린 거대한 트럭들이 대기 중이었다. 닭들에게 물을 주던 김향기는 똥과 오줌, 피와 토사물로 악취를 풍기는 트럭에서 닭 한 마리가 탈출해 돌아다니는 것을 보았다. 그가 닭을 품에 안자 직원이 달려와 회사의 재산이라며 반환을 요구했다. 그가 거부하자 경찰이 달려와 닭을 빼앗았다. 직원에게 넘겨진 닭은 무참히 도살장으로 던져졌다. 반나절이 채 지나지 않아 김향기는 또다시 탈출한 닭을 발견했다. 이번에는 절대로 빼앗기지 않겠다고 다짐한 그는 경찰이 다가오자 닭을 품에 안은 채 몸을 납작 엎드렸다.

"살려주세요. 살고 싶어 탈출한 새를 죽이지 말아주세요."

완강히 버티는 김향기의 손가락을 경찰이 하나씩 하나씩 꺾었다. 닭은 또다시 경찰의 손에 붙들려 도계장 직원에게 넘겨졌다. 직원은 김향기의 눈앞에서 닭의 목을 꺾으며 소리쳤다.

"죽었으니 그만해!"

나는 이 이야기를 김향기가 법정에서 최후 변론으로 하는 것을 들었다. 그는 연신 눈물을 흘리면서도 이 자리는 자신이 오랫동안 염원해온 자리라며 긴 변론문을 당당하게 읽었다. 그 닭들은 실은 1개월 전에 태어나 몸만 비대해진 병아리였고 제 몸무게를 버티지 못해 힘없이 주저앉았다. 겁에 질려 심장이 터질 듯이 뛰던 병아리를 두 번이나 품에 안았다 놓쳐버린 그는 두 달 후 도계장 앞에서 자신의 몸을 닭처럼 결박했다. 단 한 마리의 닭도 도살장 안으로 들어가지 못하게 막은 것이다. 연민도 자비도 없이 돌아가던 도살 공장의 기계가 그렇게 멈췄다. 그 일로 활동가 넷이 '업무방해' 혐의로 기소되었고 1,200만 원의 벌금형을 선고받았다.

김향기는 말했다.

"재판을 받을 수 있는 장소를 택할 수 있었다면 도살장을 택했을 것입니다. 진짜 피해자들은 그곳에 있기 때문입니다."

그러고는 준비해온 영상을 켰다. 거꾸로 매달린 병아리들이 레일을 따라 끝도 없이 이동하는 도살장 영상이었다. 커다란 칼을 들고 닭의 목을 내리치는 그런 도살장은 어디에도 없다. 현대의 가축들은 컨베이어벨트 위에서 죽는다. 인간이 하는 일이란 어린 새의 발을 기계에 착착착착 걸어주는 일뿐이다. 그다음 일은 기계가 한다. 레일이 끓는 물을 통과하고 이어서 칼날 사이를 지나가면 머리 잘린 병아리들이 도미노처럼 끝도 없이 착착착착 그 모습을 드러낸다. 시뻘건 피가 법정의 하얀 벽을 타고 주르륵 흘러내리는 것 같았다.

하필 영상은 검사의 등뒤에서 재생되었다. 우리는 본의 아니게 전기에 감전되어 온몸을 부르르 떠는 돼지의 얼굴과 "이것은 모두 합법이다"라고 말하는 검사의 건조한 얼굴을 번갈아 보게 되었다. 인간에게 합법은 누군가에겐 사형선고와 같아서 '철컹' 하는 소리와 함께 온몸이 뻣뻣하게 굳어버린 돼지가 다음 공정으로 무참히 굴러떨어진다. 머리에 총을 맞고 주저앉은 소의 핏발 선 눈을 꼼짝없이 바라보며 우리는 판사의 목소리를 들었다.

"도계장 업주가 피해를 입었다. 나의 행동으로 또 다른 피해자가 발생하는 게 아닌지 한 걸음 뒤로 물러서

행동하라. 이것이 동물들의 바람일 것이다.”

　너무도 인간 중심적이어서 헛웃음이 조금 났다. 재판을 방청하러 온 것인데 마치 도살장 한가운데 들어선 것 같았다. 마지막 숨을 힘겹게 몰아쉬는 소가 우리의 발밑에서 산 채로 귀를 썰릴 때 방청석에서 훌쩍훌쩍 우는 소리가 커졌다.

　영상이 끝나자 우리는 다시 인간의 법정으로 돌아왔다. 죽인 자들이 피해자의 자리에 있고 죽음을 막은 자들이 가해자의 자리에 있는 그런 법정이었다. 목숨을 잃은 수많은 진짜 피해자들을 위해 마련된 자리는 어디에도 없었으므로, 동물들의 눈빛과 목소리는 환영처럼 사라졌다. 아주 먼 옛날 쑥과 마늘만 먹고 인간이 되었다는 동물들의 후손인 김향기는 그 반대가 되기로 한 것 같았다. 수년간 동물을 먹지도 쓰지도 입지도 않으며 동물이 된 그는 이렇게 말했다.

　“이것은 왜 학살이 아닙니까. 이것은 왜 범죄가 아닙니까. 이것은 왜 언어가 아니고 이것은 왜 저항이 아닙니까.”

90년대생 이 활동가들은 이전 세대 인간들이 노동자, 여성, 장애인, 빈민, 홈리스 등을 넣었던 자리에 동물들을 넣었다. 재판이 끝나고 법정을 빠져나왔을 땐 다리가 풀려 있었기 때문에 나는 모든 걸음마다 힘을 주며 걸어야 했다. 설렁탕, 한우, 곱창, 치킨, 빵과 우유, 치즈, 돈가스를 파는 식당들로 빼곡한 해 질 녘 도시의 모든 것이 낯설었다. 아름답고 참혹한 꿈을 꾼 것 같았다. 판사와 검사의 자리에 동물들이 가득 차 웅성거리는 그런 꿈이었다. (2020. 12. 6)

2

아주 오래된 격리

2020년에 읽은 가장 인상적인 글 한 편을 소개하면서 2021년을 시작하고 싶다. 인터넷신문 《뉴스풀》에 실린 '코호트 격리를 겪으며'라는 글이다. 장애인 거주 시설 종사자 권혜경 씨가 14일간 코호트 격리를 겪으며 변화하는 심경을 기록한 것이다. 이렇게 시작한다.

"감염병 예방이라는 명목으로 나는 어느 날 갑자기 사회로부터 격리당했다. 직원들은 우리는 인권이 없느냐, 이렇게 강제로 하면 그저 따라야 하느냐, 가족들은 어떻게 하느냐며 거부반응을 보였지만, 어쩔 수 없이 받아들여야만 했다."

딱 이만큼 읽었을 때 너무 짜릿해서 얼굴을 잔뜩 일그러뜨리며 웃었다. 같은 말이라도 누가 하느냐, 어디에서 말해지느냐에 따라 그 의미는 완전히 달라진다. 이 도입은 그 놀라운 반전을 예고하고 있었다.

격리 첫째 날 잠자리에 누운 혜경 씨는 한 거주인이 입소하던 때를 떠올린다. 창살 사이로 목을 끼우고 울부짖던 그의 몸부림은 몇날 며칠 계속되다가 조금씩 잠잠해졌다. 그때는 '적응'이라 여겼던 변화가 이제 혜경 씨에겐 다르게 보이기 시작한다. 그는 썼다.

'그것은 적응이 아니라 체념이 아니었을까.'

격리 7일째, 어떤 소리가 들리기 시작한다. 스르르륵. 거주인들의 방이 모여 있는 생활관의 현관 잠금장치가 잠기는 소리다. 식사를 마친 거주인들이 생활관으로 들어올 때마다 나는 그 소리가 갑자기 커지기라도 한 것인지 그는 의아하다.

"저 소리를 이전에는 왜 아무 생각 없이 들었을까."

문을 자유롭게 넘나들 수 있는 사람은 거기에 문이 있다는 사실조차 모른다. 들어갈 수는 있지만 나갈 수는 없고, 직원에겐 열리지만 거주인들에겐 열리지 않는 문이었다. 한 거주인이 탈출한 적이 있었다. 직원들이 몇 시간을 헤맨 끝에 그를 찾아 데려왔고 그때 잠금장치가 생겼다. 문이 열리지 않자 그 거주인은 손잡이를 쥐고 흔들다가 주먹으로 두드렸다. 그랬던 그도 지금은 그런 행동을 하지 않는다. 혜경 씨는 이제 그 이유를 안다.

"그렇게 해도 그 문은 열리지 않기 때문이다."

격리 11일째 되는 날 그는 이렇게 썼다.

"나는 알게 되었다. 여기는 감옥이었다."

혜경 씨는 시설을 반대하는 활동가들이 '시설은 감옥'이라며 시위할 때마다 창살을 갖고 오는 걸 보며 '저건 좀 심하다, 우리는 이들을 보살펴주고 있는데' 하고 생각하던 사람이었다. 그러나 이즈음 직원들은 '출소'라는 말을 자연스럽게 쓰고 있었다. 출소할 날이 얼마 남지 않자 직원들은 술렁이기 시작했다.

"나가면 뭐 드시고 싶으세요?"

"나는 산에 가고 싶어요."

"강가를 걷고 싶어요."

작고 사소해서 소중한 줄 몰랐던 것들에 대해 사람들은 이야기했다. 출소를 하루 앞둔 날엔 짐을 싸면서 끊임없이 내일에 대해 이야기했다.

"내일 오후 6시면 나가요."

"5시 20분부터 시간이 가지 않을 것 같아요."

그리고 격리 해제. 혜경 씨는 썼다.

"나는 죄인이 된 기분이었다."

코로나19라는 재난이 만들어낸 이 독특한 이중 격리

의 공간에 14일간 갇혀 있다 해방된 그의 마음속에 작은 감옥이 생겼다. 그 안엔 집에 가고 싶다며 하염없이 눈물을 흘리는 사람, 자식들이 사는 곳 근처에 집을 얻어 살고 싶다는 사람, 직접 만든 비누를 서랍에 고이 넣어두고는 가족들이 오기만을 기다리는 사람, 창살에 머리를 끼우고 울부짖는 사람, 열리지 않는 문을 쥐고 흔드는 사람들이 갇혀 있다. 자신이 '보호'하고 있다고 믿었으나 실은 '억압'하고 있는 존재들이었다. 그는 처음으로 돌아간다. 코호트 격리 명령이 통보되자마자 직원들의 입에서 터져 나왔던 그 말.

"우리에겐 인권이 없나."

자연스럽게 이 말은 기약 없이 격리당한 이들의 목소리로 변한다. 혜경 씨는 다음엔 자신도 창살을 들고 탈시설을 외칠 거라며 자신 같은 이들이 탈시설에 대해 생각해보는 계기가 되기를 바란다고 글을 마무리했다.

나에겐 이 이야기가 우리 모두의 미래처럼 들린다. 노인요양시설에 갇히게 될 우리 말이다. 아무도 시설에서 태어나지 않았지만 모두가 시설에서 죽는 시대에 살고 있다. 격리 첫째 날 잠자리에 누워 이 모든 걸 깨달았을 땐 이미 늦었다. 그곳의 문은 바깥에서 잠겨 있기 때문이다. 그 문을 여는 일은 당연하게도 갇히기 전에 해야 한다. 혜경 씨처럼 말이다.

2020년의 끝자락에 국회에서 '탈시설 지원법'이 발의되었다. 장애인이 지역사회에서 개별 주택을 제공받고 자율적으로 살아갈 수 있도록 지원해야 한다는 이 법엔 '10년 내에 모든 장애인 시설을 폐쇄한다'는 굉장한 내용이 들어 있다. 굉장한 법은 굉장한 저항에 부딪힐 것이지만, 이것은 분명 인간이 인간을 감금하고 수용하는 오랜 역사를 끝내는 굉장한 시작이 될 것이다. (2021. 1. 3)

짐작과는 다른 일들

요즘 나는 장애인운동 활동가들을 인터뷰하고 있다. 최근에 만난 사람은 대구 질라라비장애인야학의 교장 박명애이다. 근사한 은빛 머리에 아름다운 경상도 사투리를 쓰는 예순일곱 살의 노장 활동가가 무대에서 연설하는 모습을 나는 정말 사랑한다. 중증 장애인으로 살며 싸운다는 것에 대해 박명애처럼 잘 말할 수 있는 사람은 없을 것이다. 어느 날 집회에서 그는 말했다.

"우리는 밥을 많이 먹으면 화장실을 많이 갈까 봐 마음을 졸입니다. 서울에 투쟁하러 올 때면 며칠 전부터 물도 적게 먹고 밥도 적게 먹습니다. 그럴 때마다 어찌나 물도 더 먹고 싶고 밥도 더 먹고 싶어지는지요."

그 말을 들었을 때 나는 조금 숙연해졌다. 다른 몸을 가진 동지들이 그런 투쟁을 하고 있다는 걸 짐작해본 적도 없었다.

명애는 학교에 가지 못하고 집 안에서만 생활했다. 마흔일곱 살에 장애인야학을 만나면서 세상 밖으로 처음 나왔고 쉰세 살에 세상과의 투쟁을 시작해 줄곧 이 운동의 맨 앞에서 싸워왔다. 어느 날 명애는 뜨거운 것을 삼키며 이렇게 외쳤다.

"아버지는 딸이 다칠까, 남에게 폐를 끼칠까, 내가 누군가의 등에 업혀서 집 밖으로 나가는 걸 아주 싫어하셨습니다. 옷에 흙을 묻히더라도 세상 밖으로 기어 나오지 못하고 방 안에서만 보낸 세월이 한이 됩니다. 지난날의 저처럼 망설이는 분들에게 용기를 내라고, 기어서라도 나오면 이 세상은 반드시 바뀐다고 말해주고 싶습니다."

나는 궁금했다. 이렇게 생생한 감정과 커다란 용기를 가진 사람이 어떻게 47년 동안 방 안에서만 살 수 있었을까. 그건 대체 무슨 뜻일까.

짐작과 달리 명애는 그 시간에 대해 아주 덤덤하게 말했다.

"나는 그냥 학교에 안 가는 건가 보다 했어요. 심심하다는 생각도 없었어요. 오히려 밖에 나가는 게 두려웠죠."

집 안에서의 삶에도 생각보다 많은 일이 일어났다. 명애는 같은 종교를 가진 남편을 만나 서른 살에 결혼했고 두 아이를 낳았다. 텔레비전만 보며 살았을 거라는 나의 짐작이 가장 결정적으로 빗나간 것은 그의 집 책장에 꽂힌 앨범을 열었을 때였다. 젊은 명애는 그 시대를 산 평범한 부부처럼 아이들을 데리고 제주도, 설악산, 해운대 같은 곳을 다녔고 남편은 그 특별한 날들을 빠짐없이 기록해 두었다. 장애인 편의시설이라곤 전무하던 시절이었으므로 그것은 명애에 대한 남편의 비범한 사랑의 증거처럼 보였다.

앨범을 한 장씩 넘길 때마다 연신 호들갑스럽게 놀라는 나를 보며 명애가 말했다.

"그건 남편의 의지였지, 내 의지가 아니었어요."

너의 짐작처럼 그게 그렇게 즐거운 일은 아니었다는 듯한 투였다. 그러고 보니 사진 속 젊은 명애에겐 명애를 명애이게 하는 가장 중요한 무언가가 빠진 것 같았다. "너는 학교에 가지 말고 엄마랑 놀자" 하던 말을 그냥 받아들였던 것처럼, "나중에 아버지 죽을 때 너도 같이 가자" 하던 말에 왜 그래야 하는지 묻지 못했던 것처럼, "세상의 아름다운 것들을 보러 가자" 했던 남편의 말도 어쩌면 명애에겐 그저 따라야 할 무엇이었는지도 몰랐다. 어쨌거나 그것은 명애가 말하는 본격적인 인생이 시작되기 전의 일이었다.

명애의 인생은 오직 야학을 만나던 마흔일곱에 시작되는 것이다. 그의 이야기엔 놀라운 생기와 빛깔이 드리워졌다.

"너무너무 좋았어요. 지금도 야학 이야기만 하면 소름이 돋을 정도로."

그가 '너무너무'를 남발했다. 스무 살 남짓한 교사들이 서투른 솜씨로 매일 해주는 밥도 너무 맛있었고, 아무것도 할 수 없는 줄 알았던 자신이 손이 불편한 누군가에게 밥을 떠먹여 줄 수 있다는 것도 너무 좋았다. 바람에 머리가 날리는 것도 너무 좋았고 비 오는 날 우산을 쓰고 나가는 것도 너무 좋았다. 인생이 시작되었다는 건 일상이 열렸다는 뜻이고 그건 다름 아닌 기쁨과 슬픔을 느끼는 일인지도 모른다. 억울한 것도 모르고 살았던 지난 삶이 얼마나 억울한지 명애가 가슴을 치며 증언할 때 무대 위의 그도 울고 무대 아래 사람들도 함께 울었다.

명애는 말했다.

"그때가 내 인생의 가장 아름다운 순간이었습니다. 가슴속에 있던 말을 할 수 있어서 투쟁장에 있는 하루하루가 행복했습니다."

자기 고통의 주체가 되어야만 기쁨도 희열도 선명하게 움켜쥘 수 있다고 명애의 삶이 말하는 것 같다. 그는 더 이상 아름다운 풍경을 구경하러 가지 않는다. 대신 "우리는 더 많은 일상을 원한다"라고 외치며 아스팔트 바닥을 맨몸으로 기어가는 투쟁을 벌이고 노숙을 하고 밥을 굶고 오줌을 참는다. 사람들의 삶은 언제나 짐작과 다르고 짐작보다 더 복잡하고 미묘해서 고유하게 근사하다. (2021. 2. 1)

선을 넘는 존재들

도살장을 탈출한 소가 도로 위를 달리는 영상을 본 적이 있다. 소를 포획하기 위해 바짝 따라붙은 소방차의 블랙박스에 찍힌 것이었다. 카메라가 소의 엉덩이 쪽에서 소가 나아가는 방향을 비추었기 때문에 본의 아니게 나는 소의 시점에서 도로를 달리게 되었다. 6차선 도로와 자동차, 교차로와 신호등, 아파트 단지와 주택가를 지났다. 나는 이상한 슬픔과 막막함에 압도되었다. 소가 바라보는 것을 나도 바라보았고 소가 했을 생각을 나도 했다.

'어디로 가야 하지?'

살아 있는 소가 갈 곳은 어디에도 없었다. 그에게 허락된 자리는 축사와 도살장, 그리고 그 사이를 오가는 트럭뿐이고, 그는 방금 그 트럭에서 인간을 들이받고 탈출한 것이었다. 마취총에 맞은 소는 몸에 화살이 박힌 채두 시간을 더 달리다 끝내 사살되었다.

2019년 서울 도심과 외곽에 낯선 동물들이 출몰하기시작했다. 도살장 앞에 나타난 그들은 배고픈 돼지에게먹을 것을 주고 목마른 닭과 소에게 물을 주었다. 대형마트 정육 코너에 나타나선 자신들이 만났던 존재들의 붉은 사체 위에 흰 국화를 올리며 애도의 노래를 불렀고, 크리스마스가 되자 패밀리 레스토랑에 들어가 스테이크를 먹으며 사랑과 우정을 속삭이는 사람들을 향해 "음식이 아니라 폭력입니다"라고 외쳤다. 밸런타인데이에는 우유와 초콜릿이 여성인 소의 몸에 강간과 임신, 출산을 반복하게 하여 그 새끼를 빼앗고 젖을 착취한 것이라며, 그들의 고통에 연대하는 뜻으로 광화문 대로에서 여성들이 상의를 벗고 시위했다. 이들이 속한 단체의 이름은 디엑스이(DxE, 다이렉트 액션 에브리웨어), '어디서든 직접행동'이라는 뜻이었다.

그들이 만약 길거리에서 동물을 학대해선 안 된다며 캠페인을 했다면 나는 그들을 그냥 지나쳤을 것이다. 하지만 그들이 이마트와 롯데리아, 배스킨라빈스의 문을 열고 뚜벅뚜벅 걸어 들어왔기 때문에, 거기서 햄버거와 아이스크림을 먹는 사람들을 향해 "죽이지 마십시오. 빼앗지 마십시오. 이것은 폭력입니다" 하고 외쳤기 때문에, 그러니까 그들이 어떤 선을 무참히 넘어버렸기 때문에 나는 깜짝 놀라 그들의 얼굴을 바라보았다. 맹렬히 비폭력적이고 맹렬히 과격한 그들은 사람들에게 어떤 정보를 주려는 게 아니었다. 어떤 질서에 도전하고 있었다. 자신의 몸을 부딪쳐서 보이지 않는 그것을 보이게 만들고 있었다. "인간도 동물이다!" 하고 외치는 이 터무니없이 진지한 청년들이 나에겐 새로운 인류의 탄생처럼 보였다. 동시에 그들은 나의 오래된 동료들, 그러니까 중증 장애인들의 모습과도 겹쳐졌다.

2001년 서울 도심에 이전엔 나타난 적 없었던 낯선 인간들이 출몰하기 시작했다. 그들의 첫 등장은 지하철 서울역에서였다. 경적을 울리며 들어온 전동차의 헤드라이트 불빛이 어두운 선로를 비추자 수십 년간 시설과 집구석에 감금된 채 살아왔던 존재들이 그 모습을 드러내며 외쳤다.

"장애인도 인간이다!"

'비정상'으로 낙인찍힌 채 모든 권리를 빼앗겼던 그들은 선로를 점거해 지하철을 멈춰 세우면서 한국 사회라는 역사의 무대에 충격적으로 등장했다. 비장애인 중심의 질서를 온몸으로 들이받는 저항의 시작이었다. 그들은 지난 20년간 줄곧 합법과 불법의 경계를 넘나들며 싸워왔다. 지하철을 막았고 장애인의 죽음을 막았다. 차도로 뛰어들었고 선량한 시민들의 이동을 방해했다. 장애인을 버리고 폭주하는 야만적인 사회의 발목을 잡았고, 누구도 배제하지 않는 새로운 사회로 나아가는 법과 제도, 예산을 만들어냈다.

장애인들은 철저히 버려졌고 동물들은 체계적으로 착취당한다. 그들이 당하는 차별과 폭력은 완벽하게 가려져서 절대로 드러나지 않는다. 인간답게 살 권리를 요구하며 지하철과 버스를 막는 장애인, 비인간 동물에게 가해지는 잔혹한 폭력을 멈춰야 한다며 고깃집에서 동물 해방을 외치는 인간 동물. 나에겐 그들이 꼭 도살장에서 탈출해 도심을 가로지르는 소처럼 보인다. 한눈에도 몹시 이질적인 그들이 이 사회 곳곳을 들이받을 때 그 견고한 인간 중심성과 비장애인 중심성이 잠시 균열을 내며 드러났다 사라진다.

선을 넘는다는 건 위험한 일이다. 모욕과 멸시가 화살처럼 빗발치고 거대한 동물이 백주 대로에서 총을 맞고 살해된다. 그러나 진실을 본 존재는 반드시 선을 넘는다. 그리고 선을 넘은 존재들만이 볼 수 있는 어떤 세계가 있다. 나는 그들로부터 더 아름답고 위험한 세계의 이야기를 듣고 싶다. 목숨을 걸고 탈주하는 비인간 동물과 짐승 취급을 거부하며 인간이 되기 위해 투쟁하는 장애인, 그리고 인간이기를 거부하고 동물이 되기 위해 싸우는 어떤 인간 동물들 사이에서 나는 이 세계를 다르게 감각하는 법을 배운다. (2021. 2. 28)

탈시설 지원법을 제정하라

오는(2021년) 4월 20일 김포에 있는 장애인 시설 '향유의 집'이 폐쇄된다. 한때 120여 명이 살던 그곳은 얼마 전 마지막 거주인 30명이 지역사회로 돌아가면서 건물이 완전히 텅 비게 되었다. 향유의 집을 운영하는 사회복지법인 '프리웰'이 법인 해산을 목표로 수년간 거주인들을 탈시설시켜온 결과다. 시설 운영자가 제 존재를 배반하면서 스스로를 해체하게 된 데에는 대단한 역사가 있다. 프리웰의 본래 이름은 석암재단이었다. 2008년 이곳에 살던 장애인과 직원들이 시설의 비리와 횡포, 인권유린에 맞서 1년간 투쟁했고 결국 이사장이 구속됐다. 8명의 장애인은 여기에 만족하지 않고 이듬해 시설을 뛰쳐나가 농성을 시작했다. 그들은 이렇게 외쳤다.

"자유로운 삶, 시설 밖으로!"

본격적인 탈시설운동의 시작이었다. 한편 석암재단은 시민사회가 각고의 노력을 기울인 끝에 진보적 인사들로 운영진이 교체되면서 인권과 사회 통합을 기치로 내건 프리웰로 새롭게 거듭났고 이후 시설의 해체를 결의함으로써 탈시설운동의 또 다른 역사를 쓰는 중이다.

역사적인 시설 폐쇄 과정을 기록하기 위해 향유의 집을 방문했다. '시설 = 감옥'이라고 입버릇처럼 말해왔는데 그 감옥이 텅 빈 것을 눈으로 확인하니 혁명이라도 일어난 것인지 실감이 나지 않고 얼떨떨했다. 20년간 이곳에서 일한 직원의 안내를 받으며 시설의 이곳저곳을 둘러보니 마치 서대문 형무소 같은 구시대의 억압과 폭력을 담은 역사관을 구경하는 기분이었다. 한 방에 4~5명씩 촘촘히 살던 시절엔 모든 방의 문을 항상 열어두었다고 직원이 설명했다. 그래야 관리하기 편하기 때문이다. 욕실 문도, 화장실 문도 마찬가지였다. 문이 잠겨 있어서 감옥인 줄 알았는데 그 반대였다. 어떤 문도 잠글 수 없어서 감옥 같았다.

그 속에서 사람들은 악착같이 자기만의 것을 갖기 위해 애썼다. 다른 이의 빨래와 섞이는 게 싫어서 속옷부터 양말까지 모조리 빨간색만 고집하는 사람이 있었는가 하면, 비가 오나 눈이 오나 종일 건물 바깥에 나와 앉아 있는 사람도 있었다. 직원은 이렇게 말했다.

"아마 거기가 자기만의 공간이었던 것 같아요. 정작

자기 방엔 자기 것이 아무것도 없었으니까."

그리고 기옥 언니는 미리를 보살폈다. 기옥은 2009년 이 시설을 뛰쳐나온 8명 중 유일한 여성이었는데, 그의 증언은 7명의 남성들과 사뭇 달랐다. 1988년 서울역에서 껌을 팔다 단속에 붙잡혀 이 시설에 들어왔을 때 기옥의 나이 마흔둘이었다. 시설에선 여성 입소자들에게 장애 아동을 돌보게 해서 직원 인건비를 줄였다. 기옥이 키운 아이의 이름이 미리였다.

"얼굴도 하얗고 너무 이뻤지."

기옥은 미리에게 정이 푹 들었다.

세 살부터 키운 아이가 스물네 살이 될 때까지 기옥이 먹이고 씻기며 모든 걸 다 했다. 그런데 한 '선생님'이 둘을 몹시 구박했다. 기옥이 울면서 선생님 좀 바꿔달라고 원장에게 애원했을 때 원장은 직원이 아니라 기옥과 미리를 갈라놓았다.

"미리는 1층에 남고 나는 2층으로 보내졌어."

그 선생이 미리의 등허리를 팍팍 팼다는 소식을 들은 날 기옥은 밤새 잠을 이루지 못했다.

"아이가 보고 싶어서 미칠 것 같았어. 그래도 못 봤어."

미리는 스물다섯에 세상을 떠났다.

"너무 서러워. 미리하고 떨어진 것도, 미리가 많이 맞았다는 것도."

건물의 2층에서 1층으로 걸어 내려가면서 나는 기옥을 생각했다. 그에겐 이역만리처럼 멀었던 거리를 30초 만에 통과했다. 기옥이 그토록 그리워했던 미리가 있던 쪽이었다. 기옥에겐 절대 열리지 않던 문이 내 앞에선 스르륵 잘도 열렸다. 이듬해 그는 이 문을 박차고 미리가 없는 시설을 뛰쳐나갔다. 그때 기옥은 12년 뒤 오늘을 상상할 수 있었을까.

향유의 집을 빠져나와 서울로 돌아올 때 아무도 그곳에 남아 있지 않다는 사실이 새삼 기적처럼 느껴졌다. 텅 빈 수용시설이라니. 2009년의 나라면 절대 믿지 못할 것이다. 100년은 걸릴 줄 알았는데 겨우 12년이 걸렸을 뿐이다. 첫 번째 시설이 문을 닫는 데 12년이 걸렸다면 마지막 그것이 문을 닫는 데 걸리는 시간은 얼마일까. 지난해(2020년) 12월 국회에서 발의된 '탈시설 지원법'이 무사히 제정된다면 놀랍게도 그 시간은 '앞으로 10년'이다. 10년 내 모든 장애인 시설을 해체하고 갇힌 사람들을 해방시키는 법이 정말로 제정될까. 2021년의 나에겐 믿어지지 않는 말이다. 하지만 믿어지지 않는 말을 진지하게 자꾸자꾸 하는 사람들이 있고, 그들을 믿고 따라가다 보면 언젠가는 그 믿기지 않는 세상에 살게 된다는 걸 나는 믿는다.

"탈시설 지원법을 제정하라."

믿어지지 않는 말을 외치려면 나에게도 용기가 필요하다. 용기를 내 함께 싸워가겠다. (2021. 3. 29)

내 인생을 망치러 온 나의 구원자

평범한 비장애인으로 살아온 나에게 삶은 선착순 달리기 같았다. 고등학교 2학년 체육 시간, 선생님이 호루라기를 불었다.

"뛰어!"

10등까지를 가려낸 후 그는 다시 호루라기를 불었다.

"뛰어!"

나머지들은 또 달렸다. 꼴찌 그룹을 만들어내어 기합을 주는 게 목표인 그런 달리기였다. 달리기를 못하는 애였던 나는 그 상황이 몹시 무서웠다. 낙오자가 되기 싫어 죽을힘을 다해 달리면서도 뒤처진 친구들을 보며 안도하는 내가 너무 싫었던 그날, 가장 열심히 가장 마지막까지 달린 아이들이 벌을 받았다. 사색이 된 친구의 얼굴, 선생의 비릿한 웃음, 나의 두려움과 굴욕감⋯⋯. 그날의 모든 것이 트라우마처럼 내 몸에 각인되었다.

대학 4학년 때 교사임용시험을 준비하기 위해 서울 노량진 학원에 등록했다. 거대한 선착순 달리기가 다시 시작된 것이다. 임용의 문은 바늘구멍처럼 좁은데 달리는 사람은 노량진 바닥에 강물처럼 흘러넘쳤다. 책 읽으며 나누었던 좋은 가치는 모두 합격 이후로 유예되었고 사람들은 옆 사람을 경계하며 미친 듯이 자기를 착취했다. 나는 끔찍하게 우울했다. 얼굴에서 표정이 사라졌고 온종일 말 한마디도 하지 않는 날들이 이어졌다. 그렇게 살다간 죽을 것 같았던 어느 날 나는 인터넷을 뒤져 노들장애인야학을 찾아갔다. 어려운 사람을 돕거나 차별에 저항하는 정치적 행위로서가 아니라 그저 나 자신을 구하기 위한 절박한 선택이었다.

그곳에서 초등학교조차 다니지 못한 또래의 장애인들을 만났다. 그들은 이 선착순 달리기에서 가장 먼저 배제된 사람들이었다. 나의 첫 임무는 신림동에 사는 스물두 살 김상희와 함께 지하철을 타고 등교하는 것이었다. 그때 나는 엘리베이터 없는 지하철역이나 화장실 앞의 계단 같은 것들이 모두 말을 한다는 사실을 알았다. "너는 아무런 쓸모가 없어", "너는 짐이야", "아무도 너를 원하지 않아" 같은 말이었다. 휠체어를 탄 상희를 들고 지하철역을 오르고 내리기 위해선 시민들을 향해 무수히 외쳐야 했다.

"도와주세요! 도와주세요!"

온 우주가 나서서 우리의 이동을 방해하던 그 길을 생각하면 우리는 마치 강물을 거꾸로 거슬러 오르는 연어들 같다. 이 세상이 너무도 낯설어서 야학에 도착한 우리는 미지의 땅을 찾아 나선 용감한 탐험가들처럼 빛나는 모험담을 하나씩 품게 되었다.

낮에는 대학에서 공부하고 밤에는 야학에서 수업을 했다. 낮과 밤의 세계가 너무 달라서 멀미가 날 지경이었다. 어떤 이는 평생 죽을힘을 다해 달려왔는데, 어떤 이는 평생 같은 자리에 누워 창밖만 바라보았다고 했다. 모두가 전력 질주하는 낮의 세계는 강한 사람들로 가득 찬 황폐하고 허약한 세계였다. 그와 달리 둥글게 둘러앉은 밤의 세계에는 눈부신 생기와 에너지로 가득했다. 약한 사람들이 단단하게 연결된 아름답고 강한 세계가 나에게 속삭였다.

"만약 당신이 나를 도우러 이곳에 오셨다면 당신은 시간을 낭비하는 것입니다. 그러나 당신이 여기에 온 이유가 당신의 해방과 나의 해방이 긴밀하게 연결되어 있기 때문이라면, 그렇다면 함께 일해봅시다."

몇 달 뒤 나는 선착순 달리기의 대열에서 빠져나왔다. 임용시험은 보지 않았다. 아무도 이기고 싶지 않았다고 말하면 내가 좀 근사해 보이는데 실은 그 반대였다. 누구에게도 지고 싶지 않았다. 질 것이 분명한 싸움이었다. 무엇보다 나 자신과 싸우는 일을 그만하고 싶었다. 싸워야 할 대상은 나 자신이 아니라 나를 억압하는 세상이라고, 노들이 나에게 가르쳐주었다.

2001년 나는 이 근사한 학교의 선생님이 되었지만 사실은 그때 나도 상희와 함께 학생으로 입학했던 것이라는 생각이 든다. 그 학교에서 배운 어마어마한 것을 그저 '장애인에 대한 편견이 사라졌다'고 간단하게 말하고 싶지 않다. 나는 '장애'와 '저항'의 렌즈를 통해 이 세상을 완전히 새롭게 이해하게 되었다.

장애인을 차별하는 비장애 중심주의의 또 다른 이름이 능력주의(능력에 따른 공정한 차별)임을 최근에야 알았다. 나의 억압과 나의 해방에 이름을 찾은 기분이다. '전교 1등'이 사회적 부와 명예를 한 손에 거머쥘 때 반대편에서 '능력 없는 인간'으로 간주된 장애인들은 모든 것을 빼앗긴 채 시설에 감금된다. 그리고 그 스펙트럼 사이에서 무수히 많은 사람이 지난날의 나처럼 고통받는다.

사람들은 비장애인인 내가 장애인운동을 하는 것을 '연대'라고 하거나 다른 이의 해방을 돕는 것이라 여긴다. 아니다. 오히려 그 반대다. 장애인운동이란 이 세계의 근간을 뒤흔드는 목소리이자 이 사회의 설계를 완전히 바꾸는 운동이다. 버스를 점거하고 달리는 자동차를 향해 뛰어든 그들은 내 인생도 아름답게 망쳐놓았고, 그것이 나를 구원했다. (2021. 4. 26)

닭을 실은 트럭

선천성 관절굽음증이라는 장애가 있는 수나우라 테일러는 미국 조지아주에서 어린 시절을 보냈다. 그곳에선 차를 타고 고속도로를 달리다 보면 닭들을 층층이 쌓아 싣고 지나가는 거대한 트럭들을 흔하게 볼 수 있었다. 살아 있는 닭들이 너무 빽빽이 들어차 있어서 마치 트럭에 깃털이 달린 것처럼 보일 정도였다. 트럭에선 끔찍한 냄새가 났기 때문에 트럭이 지나갈 때마다 테일러는 숨을 참아야 했다. 똥오줌 위에서 녹초가 된 닭들이 죽어가고 있었고 어떤 새는 철창 사이로 떨어지기도 했다. 지독한 냄새를 참기 위해 숨을 참는 행동은 무언가 대단히 잘못된 일이 일어나고 있음을 알아채는 어린 테일러만의 방식이었다. 시간이 한참 흐른 뒤인 2006년 대학원에서 회화를 전공하게 된 테일러는 어린 시절 보았던 그 트럭을 그리고 싶다는 강한 욕망이 들었다.

그는 트럭 사진을 찍기 위해 트럭의 최종 목적지인 닭 '가공' 공장에 찾아갔다. 공장 바깥에 주차된 트럭으로 다가가 사진을 찍으려 하자 관계자들이 나타나 그를 쫓아냈다. 결국 테일러는 공장에서 일하는 지인에게 부탁해 사진 몇 장을 얻었지만 그것 때문에 그 사람은 바로 다음 날 해고되었다. (2006년 제정된 미국의 '동물기업테러법'은 동물권운동가들의 활동을 테러로 규정하고 '동물기업'에 경제적 손실을 초래하는 행동을 원천적으로 봉쇄하고 있다. 동물들의 삶과 죽음은 철저히 가려져 있기 때문에, 일반에 공개된 공장식 축산 현장이나 도축장 모습은 대부분 몰래 찍은 것이다.)

테일러는 가로 3미터, 세로 2.5미터의 거대한 캔버스에 그림을 그리기 시작했다. 100마리가 넘는 닭들을 그리는 데 장장 1년이 걸렸다. 오물을 뒤집어쓴 채 힘없이 주저앉은 닭의 얼굴과 듬성듬성 빠진 깃털, 그들을 가둔 견고한 철창을 그렸던 그 시간 동안 테일러는 동물들이 이 세계에서 얼마나 거대한 규모로 살해되는지 비로소 알게 된다. 그리고 중요한 사실을 하나 깨닫는다. 그것은 닭들이 사실상 모두 자신처럼 장애를 갖고 있다는 사실이었다. 매년 전 세계에서 500억 마리 이상의 닭들이 도살된다. 그는 500억이라는 신화적 숫자를 채우고 있는 이 구체적 존재들을 하나하나 그려낸 후 《짐을 끄는 짐승들》이라는 책까지 쓰게 되었다.

테일러는 장애학의 렌즈를 통해 동물 문제를 바라본다. 동물을 '음식'이 아니라 '억압받는 자'로 바라보는 것이다. 이 책을 통해 나는 정확하게 이름 붙이는 일이 얼마나 중요한지 알게 되었다. 사육되는 닭과 오리가 부리를 절단당하고 돼지가 꼬리와 성기를 잘린다는 것은 익히 알고 있었지만 테일러가 이것을 '인간이 동물에게 고의로 장애를 입히는 행위'(장애화)라고 표현했을 때 나는 큰 충격을 받았다. 인간의 손이나 발, 입과 코처럼 중요한 감각기관이 마취도 없이 절단되는 일을 연상하고서야 동물들에게 가해지는 폭력이 얼마나 잔인하고 불의한 것인지 비로소 알게 된 것이다. 하지만 가장 충격적이었던 건 그들이 태어날 때부터 갖는 장애, 그러니까 품종개량, 아니, 품종개변에 관한 내용이었다.

축산 동물은 신체적 극한에 이를 때까지 품종개변을 당한다. 1년에 60개의 알을 낳을 수 있는 닭이 그 4배를 낳도록 품종개변 당하고 짧은 생애 내내 골다공증에 걸려 다리가 부러진다. 젖소의 유방은 몸이 버티지 못할 정도로 많은 젖을 생산하도록 '장애화'되었고, 지속적인 강제 임신과 착유로 인해 젖소의 60퍼센트가 다리를 절고 35퍼센트가 유방염에 걸려 생명의 위협을 받는다. 닭은 자신의 거대한 '가슴살' 무게를 지탱하지 못해 주저앉고 돼지의 다리는 비대해진 제 체중을 지탱하기에는 너무 약하다. 인간들이 품종개량이라고 부르는 이것이 20세기 전반의 야만을 대표하는 우생학의 한 형태라는 것은 살면서 내가 알게 된 가장 무시무시한 진실이다.

장애인을 공동체의 짐으로 간주하여 가스실로 몰아넣고 단종을 시행하던 그 과학은 여전히 건재한 정도가 아니라 거대한 산업이 되었고 그 위에서 풍요로운 문명과 인권이 꽃피었다. 어떤 인간도 '짐승처럼' 살게 해서는 안 된다며 떠나온 그 자리에 인간은 '짐승들'을 남겨두었다. 그리고 그들에겐 역사상 유례없는 학살이 자행되었다. 거대한 학살보다 끔찍한 것은 거대한 출생이다. 컨베이어벨트 위에서 이 불의와 폭력이 그들의 숫자만큼 태어난다.

인간이란 무엇이고 인권이란 무엇일까. 너무나 당연

해서 한 번도 묻지 않았던 질문이 시작되었다. 나의 동물권운동은 내가 믿고 추구했던 한 세상이 무너지면서 시작되었다. 이 새로운 해방운동은 닭과 소, 개와 돼지를 실은 트럭과 함께 네발로 나를 찾아왔다. (2021. 5. 24)

아무도 미워하지 않는 개의 죽음

다큐 〈누렁이〉를 보았다. 미국인 케빈 브라이트 감독이 한국의 개 식용 산업을 조명한 이 다큐는 며칠 전 유튜브에 공개되어 12만 회가 넘는 조회수를 기록했다. 개농장주, 육견협회 관계자, 영양학과 교수, 국회의원, 동물권운동가, 그리고 시민들의 솔직한 인터뷰가 담겼다. 개 식용은 한국의 전통문화이며 이 산업에 종사하는 사람들의 생존권을 보장해야 한다는 주장과 잔인한 개 사육과 도살을 금지해야 한다는 주장이 팽팽하게 맞선다.

이 오래된 논쟁에 특별히 관심을 갖지 않았다. 개를 먹지 않으면서도 동시에 '소, 돼지의 식용을 금지할 게 아니라면 개를 먹겠다는 사람 역시 막을 수 없는 것 아닌가' 하고 생각했다. 이것은 음식에 관한 것, 그러니까 '소고기냐 개고기냐' 하는 취향의 문제라고 여겼다. 다큐를 보고 그것이 잘못된 생각임을 알았다. 이것은 폭력에 관한 문제, 그러니까 개의 죽음에 관한 이야기였다.

감독이 육견협회의 초청을 받아 도살장으로 가는 길에 카메라는 어두운 터널을 한참 동안 비춘다. 화면이 밝아지자 누렁이 한 마리가 모습을 드러냈다. 그는 다리를 펼 수도 없을 만큼 좁은 철창 안에 납작 엎드려 있다. 바깥엔 방수 앞치마를 입은 남자 둘이 서 있다. 주변을 두리번거리며 인간을 올려다보는 개는 겁에 질려 있다. 그의 심장이 거칠게 뛰고 다리가 달달 떨리는 것이 내 눈에도 보일 정도다. 앞으로 일어날 일을 개는 알았고 나는 몰랐다. 남자 하나가 호스를 끌어와 개에게 물을 뿌리고 곧이어 다른 남자가 장대처럼 긴 막대를 철창 안으로 넣어 개의 입에 갖다 댄다. 지지직 전기가 통하고 개가 몸을 비틀며 울부짖는다. 그 순간을 놓치지 않고 노련한 남자가 전기봉을 개의 입에 쑤셔 넣는다. 전기봉을 물고 입을 앙다문 개의 몸이 부르르부르르 떨린다. 장면은 '35초 후'로 건너뛴다. 모든 것이 끝났다. 철창 안에서 태어나 철창 안에서만 살았을 개는 그렇게 케이지를 벗어났다.

　나는 충격을 받았다. 영화는 다음 장면인 보신탕 거리의 시위로 넘어갔지만 나는 방금 내가 본 것이 무엇이었는지를 생각하느라 한참 동안 넋을 놓고 허공을 바라보았다. 도살은 특별히 비장하지도 않았고 무엇보다 아주 짧아서 나는 아무런 마음의 준비 없이 보고 말았다. 게다가 그것은 몰래 촬영한 것이 아니라 육견협회 관계자들에 의해 모두가 보는 앞에서 당당히 시연된 것이었다. 물에 젖은 개가 감전의 고통으로 온몸을 떨 때 관계자는 웃으며 설명했다.

"고통 없이, 고통 없이 (죽는 거예요)."

밤에 자려고 누웠을 때 그 말이 계속 생각났다. 내가 본 것이 바로 '개죽음'임을 그제야 알았다.

"무얼 먹을지는 자유 아닌가?"

내 무심한 말이 겁에 질린 개의 입에 전기봉을 쑤셔 넣었다. 무언가 잘못 살아왔다는 기분에 휩싸였고 주르륵 눈물이 흘렀다.

다음 날 눈을 뜨자마자 도서관에 가 《아무도 미워하지 않는 개의 죽음》을 읽었다. 소설가 하재영이 번식장, 경매장, 개농장, 도살장을 취재해 쓴 한국 개 산업에 관한 르포였다. 참혹한 현실을 정신없이 따라가다가 어떤 사진을 보게 되었다. '옐로우 독'이라는 제목이었는데 어떤 개가 도살장에 들어선 순간부터 죽음에 이르는 과정을 서른한 장의 사진으로 기록한 것이었다. 두 남자에게 목줄이 팽팽하게 당겨진 상태에서도 개는 살아날 가능성을 포기하지 않고 필사적으로 저항했지만 결국 허공에 목이 매달린다. 축 늘어진 개의 눈엔 고단하고 슬픈 눈물이 고여 있다. 이번에도 나는 누군가가 살해당하는 현장을 지켜보았다는 비현실적 기분에 휩싸여 멍해진 상태였는데 마지막 사진에서 머리를 세게 얻어맞고 현실로 돌아왔다. 도살장 구석에 또 다른 개가 철창에 갇힌 채 이 모든 것을 지켜보고 있는 사진이었다. 그날 밤에도 나는 잠을 잘 이루지 못했다. 아무도 사랑하지 않는 개가 허공에 매달려 있고 다음이 자기 차례인 개가 나를 바라보고 있었다.

나는 '동물해방물결' 홈페이지에 들어가 개 도살 금지 캠페인에 서명했다. 이지연 대표는 개 도살 금지가 단순히 개를 먹지 말자는 차원이 아니라 폭력적인 공장식 축산과 싸우기 위한 시작점이라고 말했다. 한국은 개 식용 산업이 존재하는 유일한 나라다. 오직 먹기 위해 개를 대량으로 사육하는 개농장이 3,000여 곳 있고 매년 100

만 개들이 도살된다. 평생 좁은 케이지에 갇혀 제 똥오줌 위를 벗어날 수 없는 개들은 인간이 버린 음식물 쓰레기를 먹으며 살아간다. 이토록 잔혹한 착취를 통해 인간이 얻는 수입은 연간 2,800억~5,600억 원이다. 가장 억압받는 자들에게 가장 무참한 계절이 성큼 다가왔다. (2021. 6. 20)

영랑호를 그대로

속초에는 영랑호라는 호수가 있다. 아주 오래전엔 육지 안으로 깊숙이 들어온 바다였지만 긴 시간 동안 그 입구에 모래가 쌓이면서 서서히 바다와 분리되었다. 그렇다고 완벽하게 분리된 건 아니어서 바다와 민물이 섞이는 이 호수엔 다양한 동물과 식물이 살고 있다. 지난봄 '영랑호를 지키기 위해 뭐라도 하려는 사람들'이라는 모임으로부터 '영랑호 함께 걷기' 행사에 초대받았다. 생애 대부분의 기간 동안 나의 세계엔 오직 인간이나 인권밖에 없었다. 2년 전부터 동물과 동물권의 세계로 시야가 넓어지는 중이지만 아직 호수 같은 것에까지 닿을 정도는 아니다. 호수를 지키고 싶은 마음은 짐작이 잘 안되어서 망설였지만 거절할 수 없었다. 소박한 듯도 하고 절박한 듯도 한 그 모임 이름 때문이었다. 함께 걷는 일, 그거라도 하려고 속초행 버스에 몸을 실었다.

무시무시한 바람이 불던 날이었다. 터미널에 내려 영랑호까지 가는 동안 도로 이정표나 간판이 떨어져 나를 덮쳐 올 것 같아서 잔뜩 몸을 도사리며 걸었다. 가까스로 영랑호 입구에 도착했을 때 나도 모르게 한숨이 쉬어졌다.

"휴, 살았다."

위태로운 비행 끝에 쉴 곳을 찾은 새처럼 나는 안도했다. 이곳엔 물과 나무, 바위와 갈대숲, 그리고 그것들을 지키기 위해 뭐라도 하려는 사람들뿐이었다. 거친 바람이 멈출 기미가 없는 월요일 오후 2시였다. 생업을 잠시 멈춘 이들이 '영랑호를 지켜주세요'라고 적힌 몸자보를 입고 익숙하게 걷기 시작했고 나도 잰걸음으로 그들을 따랐다. 설악산 능선과 울산바위가 한눈에 들어오는 영랑호의 풍경은 비현실적으로 아름다워서 연신 감탄하며 걸었다.

한 바퀴를 돌고 난 뒤 우리는 동그랗게 둘러앉아 이야기를 나눴다. 속초시는 관광산업을 활성화하기 위한 명목으로 영랑호 개발을 추진하고 있다. 호수를 가로지르는 400미터 길이의 부교(물에 뜨는 다리)와 주변 데크, 야간 조명, 체험학습장 등을 건설하는 것이다. 환경단체 활동가가 강풍에 아랑곳하지 않고 말했다.

"부교 같은 인공 구조물이 건설되면 새들과 물살이 동

물의 서식 공간이 줄어들 뿐 아니라 호수 한가운데까지 관광객이 드나들기 때문에 그만큼 쓰레기가 버려지고 수질이 악화됩니다. 밤에도 꺼지지 않는 조명은 동물들에게 고통을 주고 갈대숲 위로 데크가 설치되면 새들의 집이 파괴되어 그들의 생존을 위협합니다."

나는 연신 고개를 주억거렸지만 세상 옳은 말들의 운명이 그러하듯 그것들은 한 귀로 들어와 한 귀로 빠져나가는 중이었다. 다음으론 뭐라도 하려는 시민들의 소감이 이어졌다.

"나는 영랑호가 너무너무 좋습니다."

등산 모자를 쓴 중년의 아저씨가 그렇게 말하는 순간 너무 사랑스러워서 슬며시 웃음이 났다. 그 말을 흘려보내지 않으려고 끄덕이던 고개를 멈추고 그의 얼굴을 빤히 쳐다보았다. 진지하고 무거운 표정이었다. 너무 좋다는 말은 너무 무섭다는 말처럼 들렸다. 가슴이 조금 시렸다. 책 《밀양을 살다》에서도 비슷한 말을 들었다.

"나는 이 산이 진짜 좋아예."

그 좋은 것을 지키기 위해 등이 둥그렇게 굽은 할매,

할배들이 맞서야 하는 것은 높이 100미터가 넘는 초고압 송전탑이었다. 무엇을 반대하는지를 아는 것과 무엇을 지키고 싶은지를 아는 것은 매우 다른 경험이란 걸 그때 알았다.

사람들의 이야기는 간간이 끊어졌다. 매일같이 1인 시위에 참여한다는 한 여성이 혹시 공사를 막지 못할까 걱정스럽다며 울먹였고 그 애정이 고마워서 사람들은 소리 없이 웃었다. 한 어머니가 "20년 전 딸을 유모차에 태우고 영랑호를 돌았을 땐 철새가 정말 많았는데" 하고는 울컥해서 고개를 떨구자 이제 스무 살이 넘은 그때의 어린 딸이 "새들을 본 기억은 나지 않습니다만" 하며 씩씩하게 웃었다.

수천 년 된 호수를 너무 사랑해서 울고 웃는 사람들에게 둘러싸여 있던 그 오후를 오랫동안 잊지 못할 것이다. 잠시 동안 나는 흰뺨검둥오리나 수달, 가마우지, 갈대숲, 범바위 같은 것들이 포함된 세계 속에 있었고 반짝 나타났다 사라지는 무지개도 보았던 것이다.

1년이 넘는 반대 시위에도 최근 속초시가 공사를 강

행하려 한다는 소식을 들었다. 영랑호 한편에 가득 쌓인 거대한 콘크리트 블록을 보고 억장이 무너질 사람들의 얼굴이 떠올라서 마음이 무겁다. 《밀양을 살다》에서 가장 쓸쓸하고 아픈 말은 이것이었다.

"송전탑을 세우기 위해 셀 수도 없을 만큼 많은 나무가 잘려나간 산을 바라보며 그는 그래도 여전히 산이 참 좋다고 했다."

그런 일이 일어나지 않기를, 더 늦기 전에 속초시가 영랑호 개발을 중단하도록 뭐라도 하려고 이 글을 쓴다. 영랑호를 그대로! (2021. 7. 19)

장애인 시설 폐쇄법이 필요하다

장애인 시설 폐쇄법이 존재한다는 사실을 처음 들었을 때의 충격을 잊을 수 없다. 1970년대 노르웨이는 장애인 탈시설운동이 활발했다. 이 운동의 영향을 받아 1985년 노르웨이 정부는 〈발달장애인의 생활 여건〉이라는 보고서를 발표했다. 거기엔 이런 말이 있었다.

"시설에서 발달장애인이 처해 있는 생활 여건은 인간적으로나 사회적으로나 문화적으로 용납될 수 없다."

그러면서 시설 안의 활동을 새롭게 조직하거나 시설에 투입되는 자원을 증가시킨다 해서 이러한 비인간적 상황이 근본적으로 변화될 수 없다고 결론 내린다. 그리고 3년 뒤인 1988년, 일종의 시설 폐쇄법인 '노르웨이 개혁법'이 제정되었다. 믿기 힘든 이 사실은 김도현이 쓴 《장애학의 도전》 71쪽에 나온다.

법의 내용은 이렇다. 1991년 1월 1일을 기점으로 더 이상 누구도 시설에 입소할 수 없으며 그로부터 5년 내로 시설에 살고 있던 사람들은 모두 지역사회로 나가야 한다. 이 과정은 국가가 책임지고 진행했다. 그럼 이들은 모두 가족의 품으로 돌아갔을까? 그렇지 않다. 이들에게는 개인당 50제곱미터(약 17평) 이상의 독립적인 주거 공간이 제공되었다. 그럼 이들의 생활 지원은 누가 했을 까? 다시 어머니의 몫으로 떠넘겨졌을까? 그럴 리 없다. 만약 그랬다면 가족들의 반대에 부딪혀 시설 폐쇄를 통 한 탈시설 정책은 불가능했을 것이다. 놀랍게도 이들은 연간 2,400만 원 이상의 장애급여를 받았으며, 시간의 제한 없이 필요한 만큼의 활동 지원 서비스를 제공받았 다. 스웨덴은 노르웨이보다 9년 뒤인 1997년에 시설 폐 쇄법을 제정했고 2년 뒤인 1999년 12월 31일까지 모든 장애인 시설을 폐쇄시켰다.

그로부터 22년이 지난 2021년 8월 한국 정부가 '장애 인 탈시설 로드맵'을 발표했다. 앞으로 20년 동안 집단 시설에 거주하는 장애인들이 단계적으로 지역사회로 나와 자립할 수 있도록 돕는 방안을 담고 있다. 그동안 일부 지자체의 정책을 통해 극소수의 용기 있는 장애인 과 운동 사회에 의해 이루어져 왔던 탈시설이 국가적 차 원에서 선언되었다는 점에서 의미가 크다. 여기엔 신규 시설의 설치를 금지하고, 한 번이라도 인권침해가 발생

한 시설은 즉시 폐쇄하며, 자립한 사람에게 주택과 주거 서비스를 지원하는 등의 고무적인 내용이 담겨 있다. 하지만 탈시설 정책을 먼저 펼친 국외 사례와 근본적으로 다른 점이 있다. 시설을 '폐쇄'하는 것이 아니라 소규모로 '개편'한다는 점이 그렇다. 장애인을 격리·수용해온 오랜 역사를 종식하는 첫 단추를 끼우는 이 중대한 시점에서 정부의 이러한 방향 설정은 매우 잘못되었다.

탈시설이란 모든 사람이 집단 수용시설에서 나와 '개인별' 주택에서 자립을 위한 서비스를 받으며 자율적으로 살아가는 권리를 말한다. 하지만 정부의 계획에 따르면 이런 방식으로 탈시설 하는 사람은 고작 18.7퍼센트에 불과하다. 5명 중 1명만 제대로 된 탈시설을 한다는 뜻이다. 그리고 12퍼센트의 최중증 장애인은 시설에 그대로 남겨두겠다는 입장이다. 문제는 그 나머지 사람들에 대한 것이다. 이들은 소규모 시설인 공동생활 가정으로 흡수된다. 기존의 대형 시설을 소규모로 변환하는 데 국가 예산을 투입한다는 것인데, 이는 오히려 시설의 기능을 보강하고 권한을 강화하는 결과를 초래한다. 저 로

드맵을 따라간다면 20년 뒤 우리는 소규모 시설이 대규모로 양산되어 영원히 사라지지 않는 시설 사회에 도착할 것이다.

탈시설은 국제적 흐름이다. 유엔 장애인권리협약은 시설을 소규모화하는 일은 탈시설이 아니라고 분명히 밝혔다. 한국 정부는 탈시설의 국제적 모델을 따르지 않고 큰 시설에서 작은 시설로 옮겨 가는 것을 탈시설이라 부르면서 최중증 장애인은 전문적 관리를 해주어야 하기 때문에 시설은 반드시 필요하다고 말한다. 한국의 장애인이 노르웨이의 장애인보다 특별히 더 중증일 리도 없고 한국 정부가 노르웨이 정부보다 특별히 더 이들의 삶을 걱정할 리도 없다. 실은 이게 다 돈 때문이라는 걸 모르는 사람은 없다. 한국은 경제협력개발기구(OECD) 국가 중 장애인 예산이 꼴찌 수준인 나라다.

작년(2020년) 국회에 발의된 탈시설 지원법이 바로 우리가 만들 시설 폐쇄법이다. 10년 내 모든 시설 폐쇄, 누구도 배제하지 않는 탈시설 권리 보장, 개인별 지원이 명시되어 있다. 정부가 방향을 잘못 잡을 때 국민이 방향을 바로잡아야 한다. 이 법이 통과되도록 많은 사람들이 관심을 갖고 힘을 실어주면 좋겠다. 누구도 시설에 남겨두어선 안 된다. 어떤 시설도 남겨두어선 안 된다.

(2021. 8. 16)

슬픔이 하는 일

며칠 전 〈KBS 환경스페셜〉 '우린 왜 행복하면 안 되지?'
편을 보았다. 마음에 오래 남아 나를 괴롭혔던 것은 '주
저앉은 소'였다. 도살장으로 들어가는 트럭 안에 얼룩소
한 마리가 쓰러진 채 묶여 있었다. 겁에 질린 것인지 완
전히 체념한 것인지 허공을 향해 부릅뜬 커다란 눈동자
가 자꾸 생각나서 조금 울었다. 울었다고 했지만 슬퍼
서 운 것이 아니라 슬프지 않아서 운 것이다. 그의 슬픔
을 감히 알 것 같아서가 아니라 도무지 알 수 없어서 눈
물 흘린 것이다. 나는 기록 활동가이다. 슬픔과 고통을
듣고 그것이 해내는 놀라운 일들을 쓴다. 하지만 비인간
동물들이 겪는 고통을 보았을 때의 감정은 도무지 설명
하기가 어렵다.

　《훔친 돼지만이 살아남았다》(호밀밭, 2021)엔 그런 슬
픔을 회복해나가는 사람들의 이야기가 나온다. 2019년
노무사 시험을 준비하던 은영은 처음 도살장에 갔다. 트
럭에 실려 도살장으로 들어가는 돼지들은 모두 상처로
가득했고 상처투성이의 몸엔 도축될 것임을 표시하는
래커로 휘갈긴 낙인이 선명했다. 엉덩이에 야구공만 한

종양이 부풀어 있는 이들도 많았다. 이 순간을 상상하며 마음의 준비를 단단히 해왔던 은영이었다. 너무 참혹해서 혼비백산하게 될까? 슬퍼서 울게 될까? 절망하게 될까? 하지만 예상과 달리 크게 슬프지도 절망적이지도 않았고 다만 그 무감각이 충격적이었다. 은영은 이렇게 썼다.

"나의 인간 중심성이 고발당하는 느낌이었다."

그는 계속 도살장에 갔다. 슬픔이 아니라 무감각을 계속 마주하기 위해서였다.

그러던 어느 날이었다. 트럭 안에서 소 한 마리가 눈물을 뚝뚝 흘리며 은영을 바라보고 있었다. 강제 임신과 출산을 반복하고 새끼를 다 빼앗긴 채 하루 세 번 젖을 착유당하는 동안 몸속의 칼슘이 다 빠져버린 소는 3~4년 만에 주저앉아 도살장으로 보내졌다. 피골이 상접해 뼈의 윤곽이 고스란히 드러난 소가 눈물을 줄줄 흘리며 '므으으' 하고 울었다. 그때 은영을 한참 바라보던 소가 갑자기 힘을 주며 일어서려다 주저앉았다. 일어설 때마다 넘어지길 반복하던 소는 온 힘을 다해 은영 쪽으로 다가와 은영이 힘껏 뻗은 손에 제 이마를 갖다 대고 비비기 시작했다. 부드러운 회오리털이 난 소의 이마는 곧 전기총이 겨눠질 자리임을 은영은 잘 알고 있었다. 트럭이 출발하자 덩그러니 남은 은영은 그 자리에 주저앉고 말았다. 그는 손바닥에 남은 감촉을 견딜 수 없어 손바닥으로 땅을 치며 울부짖었다. 이렇게 다 죽이고 살아서 우리는 어떡하면 좋으냐고 오열하는 여자를 도살장의 노동자들이 웃으며 구경했다.

은영은 도살장에 끌려가는 동물들이 자기 자신 같았다. 자신도 가정 안에서 폭력적인 상황에 처했었기 때문이다. 하지만 그를 완전히 무너뜨린 것은 그들의 죽음이 아니라 그들이 끌려간 자리에 번번이 남아 있는 자신이었다. 그 자리는 지난날 은영이 고통을 호소할 때마다 '그는 가장이고 너는 딸이므로 어쩔 수 없다'고 말하던 사람들의 자리였다. 피 흘리며 끌려가는 이를 보면서도 안전한 거리에서 지켜만 보는 사람들, 은영은 자신이 가장 저주했던 모습 그대로 끌려가는 동물들 앞에 서 있었다.

'새끼를 빼앗긴 엄마 소라면 어떻게든 저 트럭을 쫓아 갔을 텐데.'

은영은 비겁하고 이기적인 자신의 자리가 치욕스러워서 운 것이다. 그의 동료인 섬나리는 그날에 대해 이렇게 썼다. 은영은 마치 자신이 죽은 것처럼, 아니 자신이 죽인 것처럼 통곡했다고. 그리고 폭발하는 동료의 슬픔과 눈물이 냉소와 체념으로 무장해 있던 자신을 송두리째 찢어놓았고 그 취약해진 틈으로 무감각하게 마주했던 수만의 '비천한' 얼굴들이 침투해 들어와 자신이 완전히 재구성되었다고.

이것은 하나의 세계가 무너지고 새로운 세계가 태어나는 이야기 같기도 하고, 한 인간이 다시 태어나는 이야기 같기도 하다. 한 세계의 슬픔에 눈뜬다는 것은 그렇게 어마어마한 일이다. 수천의 목숨이 하나의 예외도 없이 죽임당하는 도살장에서 어김없이 살아 돌아와 피묻은 신발을 신고 말끔한 도시로 들어설 때마다 가슴속에 알 수 없는 슬픔이 차올랐던 사람들은 어쩌면 매번 다시 태어나고 있었던 건지도 모른다.

그렇게 100일이 흘렀을 때 도시로 들어선 그들의 품에는 작은 아기 돼지가 안겨 있었다. 그들은 '구조'라고 했고 세상은 '절도'라고 했다. 죽이는 것이 합법이고 살리는 것이 불법인 사회에서 희망은 폴리스라인 너머에 있었다. 축산업이라는 거대한 폭력과 학살 위에 도살되는 돼지는 한 해 2,000만 명(命). 훔친 돼지만이 살아남았다. 그의 이름은 새벽이다. (2021. 9. 12)

자기 몫의 숙제

영희는 열 살 때 잠깐 학교에 다닌 적이 있다. 어느 날 선생님이 학생 한 명 한 명에게 물었다.

"너는 커서 무엇이 될래?"

아이들은 저마다 꿈을 말했다. 대통령, 간호사, 교사, 현모양처, 기타 등등.

'나는 뭐가 된다고 하지?'

영희의 머릿속이 하얘졌다.

'앉아서 할 수 있는 일이 뭐지?'

영희는 소아마비 장애가 있어 걷지 못했다. TV에서 본 피아니스트가 떠올랐다.

'피아니스트가 된다고 해야지. 그런데 애들이 너 피아노 배웠냐고 물어보면 뭐라고 하지?'

영희는 피아노를 본 적도 없었다.

'앞으로 배울 거야라고 말할까?'

그러는 사이 선생님이 영희 앞까지 성큼 다가왔다. 커다란 눈을 동그랗게 뜨고 선생님을 올려다보는 영희의 작은 가슴이 콩콩 뛰었다. 선생님이 말했다.

"다음에 하자꾸나."

나는 이 이야기를 올해 환갑이 된 영희에게 들었다. 이야기의 결말은 이랬다.

"스무 살까지만 살고 죽으려고 했어요. 아무리 생각해도 스무 살 이후엔 살아갈 방법이 없었거든요."

나는 작게 한숨을 쉬었다. 그때 끝난 줄 알았던 이야기가 갑자기 경쾌해졌다.

"그런데 죽을래도 방법이 없는 거예요. 약을 먹어? 누가 약을 사다 줘? 물에 빠져 죽나? 물까진 어떻게 가지?"

영희가 깔깔 웃었다. 나는 이것이 웃긴 얘긴지 슬픈 얘긴지 종잡을 수가 없었다. 그가 방금까지 들려준 유년 시절 이야기엔 명랑하고 우애 깊은 가족들이 가득했기 때문이다. 밥상에 둘러앉으면 아버지는 집에서만 지내는 영희를 위해 동생들에게 학교에서 있었던 일을 들려주도록 했고, 영희는 숙제하기 싫어하는 동생들을 위해 그림을 그리고 글을 쓰고 바느질을 하느라 하루가 짧았다고 했다.

중증 장애를 가졌어도 사랑과 지지를 듬뿍 받고 자라

면 영희처럼 훌륭한 사람이 되나 보다 생각하던 중이었는데 영희는 이렇게 말했다.

"밤마다 울었어요. 어떻게 살아야 할지 방법을 모르겠더라고."

살아 있는 인간에게 그 이상의 고통이 있냐는 듯이 영희는 벌써 몇 번째 그 '방법이 없다'는 소리를 반복하고 있었지만, 비장애인으로 살아온 나는 그게 무슨 뜻인지 전혀 알아듣지 못한 채 물었다.

"낮엔 동생들의 숙제를 그렇게 열심히 해주던 언니가 밤만 되면 죽고 싶어서 울었다고요?"

나는 영희의 동생도 아니면서 그 말이 믿어지지 않았다. 영희가 주저 없이 대답했다.

"그건 내 것이 아니잖아요."

그 말은 뜨겁고도 서늘했다.

"나는 그렇게라도 해서 나의 존재와 쓸모를 인정받고 싶었던 것 같아요."

그 말을 오래오래 곱씹다가 나는 알게 되었다. 방법이 없었다고 말하는 그가 얼마나 필사적으로 방법을 찾는 사람이었는지를. 동생들의 숙제를 하는 것도 어린 영희가 살기 위해 찾은 방법이었을 것이다. 하지만 그것은 영희를 얼마나 불안하게 만들었을까. 동생들이 커서 더 이상 숙제를 받아 오지 않을 때가 되면 자신의 쓸모도 사라지기 때문이었다. 스무 살은 그렇게 성큼성큼 다가오고 있었다. 자기 몫의 숙제를 받지 못한다면 영희는 물거품처럼 사라질지도 몰랐다.

만약 선생님이 영희에게 "너는 커서 무엇이 될래?"라고 묻고, "저는 피아니스트가 될 거예요"라고 영희가 대답하고, "아니, 그건 불가능할걸!" 하고 누군가 영희를 무시했다면 나는 그의 슬픔을 더 빨리, 더 선명하게, 그러나 잘못 이해했을 것이다. 영희가 독백하듯 말했다.

"나는 낮달 같은 존재였어요. 사람들은 내가 거기 있는 줄도 몰랐죠."

놀랍게도 영희는 자라서 장애여성단체를 만들었고, 진보 정당의 정치인이 되었으며 중증 장애인이 주체가 되는 사회변혁운동의 대표가 되었다. 영희는 너무 일찍 온 존재여서 가는 곳마다 벽이거나 벼랑이었지만 살아갈 방법도 죽을 방법도 없는 그곳에서 줄곧 맨 앞자리의 막막한 슬픔을 견뎌냈다. 그 힘은 어디에서 온 것이냐고 내가 물었을 때 영희는 서른 즈음에 자신에게 아주 소중했던 한 공동체로부터 거부당했던 상처가, 쓸모없는 존재라는 낙인이, 자기로 하여금 무언가 의미 있는 것을 만들도록 계속 추동했다고 대답했다. 나는 가슴이 좀 뭉클했다. 그것은 영희에게 자기 몫의 숙제가 생긴 순간처럼 느껴졌다.

이제 영희는 세상에 없는 방법을 찾아 헤매지 않고 방법을 '만들기' 시작한다. 단체를 만들고 저상버스를 만들고 지하철역 승강기를 만들고 법과 제도를 만들고 그리고 자기의 언어를 만들었다. 어떤 선택은 결실을 맺고 어떤 선택은 그렇지 못했대도 온전히 나쁘기만 한 선택은 없었다. 상처도 좌절도 모두 '내 것'이고 시행착오를 겪을 때마다 영희는 고유하고 선명해졌으니까. 영희는 자라서 영희 자신이 되었으니까. (2021. 10. 18)

싸우는 인간의 탄생

열아홉 살 경석은 클래식 기타를 좋아했다. 기타 동아리에서 늦은 밤까지 친구들과 어울리느라 학교는 1년에 200일쯤 지각을 했다. 학교 담장을 넘다 걸린 어느 날 지각의 이유를 묻는 선생님에게 경석이 대답했다.

"방구들이 따뜻해서 엉덩이를 뗄 수가 없었습니다."

엉덩이가 피떡이 되도록 두들겨 맞고 돌아온 아들을 보며 어머니가 통곡을 했다. 경석이 대학생이 된 1979년, 남학생들은 머리를 깎고 군사학교에 입소해 1주일간 병영훈련을 받아야 했다. 운동권 학생들은 입소를 거부하며 군부독재에 저항했다. 경석도 입소를 거부했는데 이유는 장발을 사수하기 위해서였다. 머리를 깎지 않고 입소한 그를 보고 교관이 냅다 두들겨 패기 시작하자 경석도 '에잇!' 하며 도망쳐버린 것이다. 입소를 거부하면 강제로 징집되던 시절이었다. 친구들은 그를 꼴통이라고 불렀다.

해병대 제대 뒤엔 하늘을 날고 싶어서 행글라이딩을 했다. 1983년 어느 날 그는 토함산 정상에 서 있었다. 힘차게 이륙에 성공했다. 발아래 펼쳐진 장관을 보며 기쁨의 환호성을 지른 것도 잠시, 그는 무서운 속도로 추락했다. 교회에 가자는 엄마의 손을 뿌리치고 나온 일요일이었다. 예순두 살의 경석이 말했다.

"엄혹한 시절이었는데 내 주변엔 스포츠와 음악을 좋아하는 낭만주의자들만 있었어. 담치기가 가장 중요한 생존 기술이었지. 지각하면 담 넘어 들어가고 수업 듣기 싫어지면 담 넘어 도망치고. 그저 친구들과 놀기 좋아했던 평범한 사람이었어."

익스트림 스포츠처럼 격렬했던 그의 인생 전반전 이야기는 거기서 끝났다.

18년이 흐른 2001년 2월 한무리의 사람들이 서울역 철로를 점거했다. '빵~' 하는 경적과 함께 멈춰 선 전동차의 불빛이 어두운 선로를 비추자 휠체어를 탄 마흔두 살의 경석이 모습을 드러냈다. 오이도역에서 장애인이 추락해 사망한 참사에 항의하는 시위였다. 한국 사회라는 역사의 무대에 중증 장애인이 충격적으로 등장한 첫 순간이었다. 경석은 장애인이동권연대를 만들어 투쟁을 이어나갔고 2007년엔 전국장애인차별철폐연대를 조직해 활동 지원 서비스 제도화, 탈시설운동 등을 펼쳤다. 2012년엔 장애등급제 폐지를 요구하며 5년간 농성을 했고 현재는 국회 앞에서 탈시설 지원법과 장애인 권리보장법 제정을 요구하며 농성 중이다.

나는 장애인운동가들의 생애를 기록 중인데 이렇게 인생의 전반전과 후반전이 극단적으로 다른 이야기는 드물다.

– 요즘 삶의 화두는 뭔가요?

– 최중증 장애인의 탈시설 문제요.

– 죽기 전에 꼭 해보고 싶은 일은?

– 장애인 공공일자리 1만 개 쟁취!

뭐 이런 식이었다. 어떻게 사람이 이렇게 변하지. 어떻게든 개인적 이야기를 끌어내 보려던 노력이 모두 실패하고서야 나는 이 운동이 그에겐 인생 그 자체임을 받아들였다. 투항하듯 그에게 지난 20년에 걸친 장애인운동의 역사, 아니, 경석의 인생에 대해 들었다. 그러자 비로소 한 인간의 기쁨과 욕망이 보였고, 그가 하나도 변하지 않았음을 깨달았다.

억압과 통제가 싫어서 제도 바깥으로 끊임없이 탈주하던 그는 이제 방향을 바꿔 제도 안으로 난입한다. 철로로 내려가 지하철을 막고 도로로 뛰어들어 버스를 세운다. 자신을 밀어내는 세상 속으로 불청객처럼 들이닥치는 것이다. 전반전의 목표가 자유라면 후반전의 목표는 평등, 전반전의 생존 기술이 담치기였다면 후반전의 그것은 점거와 농성이다. 경석은 그런 방식으로 많은 제도를 만들어왔지만 그가 정말로 바라는 건 제도 안의 한자리가 아니라 안과 밖의 경계를 뒤흔드는 것이다. 누가 한 인간을 쓸모없는 존재로 규정해 격리하는가. 무엇이 한 인간을 능력 없는 존재로 낙인찍어 추방하는가.

그는 나에게 자신이 꿈꾸는 혁명에 대해 세 시간 동안 지치지 않고 설명했다. 이 전장의 전사들은 콧줄을 낀 최중증 장애인이고 이들의 무기는 발달장애인들의 흥겨운 춤과 노래, 전선의 이름은 '누구도 남겨두지 마라'이다. 이야기를 마쳤을 때 그는 놀이터에서 충분히 놀고 집에 가는 어린애처럼 만족스러운 얼굴이었다. 늦은 밤까지 기타를 치고 집으로 돌아가던 열아홉의 경석이도 그런 얼굴이었을 것이다. 그는 여전히 친구와 음악과 바다와 하늘의 그 경계 없는 자유를 사랑하는 낭만주의자였다. 2001년 그가 평등을 외치며 지하철을 가로막으면서 등장한 그 사건은 마치 정의로운 인간의 탄생처럼 보이지만 실은 엄마 말 안 듣던 그 꼴통 경석이가 다시 돌아왔음을 알리는 신호탄이었다. 지하철 경적과 함께 후반전이 재개되기까지, 그가 자기 자신으로 돌아오는 데까지 걸린 시간은 18년이었다. (2021. 11. 14)

혼자 극복하지 않아도 된다는 믿음

82년생 노금호는 어렸을 때 근이영양증이라는 진단을 받았다. 치료제가 없는 그 희귀질환을 그 시절엔 루게릭 병이라고 불렀다. 신앙의 힘으로 병을 치료하기 위해 일곱 살에 기도원에 들어가 5년간 지냈다. 집으로 돌아온 뒤 근육이 퇴화하는 걸 막기 위해 매일 산을 오르내렸지만 점점 걷는 게 힘들어졌다. 고등학교 3년 내내 아버지가 금호를 업고 4층 교실까지 오르내렸다. 교실을 아래층으로 옮겨달라고 건의했지만 받아들여지지 않았다. 학교에서도 교회에서도 금호는 소외감을 느꼈고 자신은 괄호 바깥의 존재 같다고 생각했다. 열일곱 살엔 죽으려고 수면제를 잔뜩 먹었고 다음 날 깨어났다. 그때부터 죽자 사자 공부했다. 그것만이 살길이었다.

2001년 금호는 대구대학교에 입학했다. 어느 날 기숙사 복도를 지나다가 어떤 중증 장애를 가진 학생의 방을 보았다. 소변 통이 주욱 쌓여 있는 모습이 몹시 지저분했다. 무슨 일이냐고 금호가 묻자 비장애인 룸메이트가 도망을 갔다고 했다. 학교는 장애 학생에게 필요한 지원을 전혀 하지 않았다. 비장애 학생과 장애 학생을 짝지어 배정하고 비장애 학생에게 봉사 점수를 줄 뿐이었다. 혼자 남은 그는 하루 종일 굶다가 저녁이 되면 친구가 와서 배달음식을 먹는다고 했다. 그 상황이 너무 안타까웠던 금호는 동료와 함께 전단지를 만들어 점심시간에 학교 광장에 나가 소리를 지르기 시작했고 나중엔 동아리를 만들어 본격적으로 장애 학생들에 대한 지원을 요구하는 활동을 펼쳤다.

2006년 대학을 졸업한 금호는 동료들과 함께 대구에서 장애인차별철폐연대를 조직해 활동 지원 서비스 제도화를 요구하는 농성을 벌였다. 평생 집 안에 갇혀 살던 이들이 자신의 울분을 토하면서 아우성쳤고 그 힘들이 모여 활동 지원 서비스 제도화를 이루어냈다. 금호와 그 친구들이 활동을 시작한 2006년 이후 10년 동안 대구시 장애인 예산은 여섯 배가 늘었다. 대구 시립 희망원에서 수백 명의 장애인이 소리 없이 죽어갔을 때 줄기차게 싸우며 시설을 폐쇄시키고 갇힌 사람들을 탈시설시켜온 것도 이들이다. 나는 오래전부터 금호와 그 친구들을 동경했다. 보수적인 땅에 깃발을 꽂고 더 낮고 더 급진적인 운동을 개척해온 그들에겐 단단한 자부심과 동지애가 흘렀다.

당신에게 장애인운동은 무엇이냐고 물었을 때 금호는 이렇게 말했다.

"장애인운동은 나 혼자 장애를 극복하지 않아도 된다는 믿음을 주었어요."

"아……."

나는 작게 탄식했다. 그가 덤덤하게 말했던 십 대 시절의 금호가 파노라마처럼 스쳐 지나갔다. 장애를 치료해야 한다는 일념으로 부모와 떨어져 살기를 택한 일곱 살의 금호는, 기적을 일으키는 예수가 자신에게도 찾아와주길 바라며 기도하던 초등학생 금호는, 점점 더 걷는 게 힘들어지는데도 기를 쓰고 산을 오르내렸던 중학생 금호는, 매일 아버지 등에 업혀 4층까지 오르내리고 종일 화장실 가는 걸 참아야 했던 고등학생 금호는, 죽으려고 수면제를 먹고 잠에 든 금호는, 혼자 싸우느라 너무 힘들었구나, 너무 외로웠구나…… 코가 시큰거렸다.

안타깝게도 최근 그의 장애가 빠르게 진행되고 있다.

검사 결과 척수성 근위축증. 치료약이 있다고 했다. 그런데 30억이란다. 다행히 건강보험 적용 대상이 되면 첫해에 5,000만 원, 연간 1,000만 원씩 들지만 불행히도 '지원 불가능' 통보를 받았다. 치료약은 손 닿을 수 없는 저 높은 곳에서 목숨을 구걸하게 만들고, 통증을 줄일 수 있는 보조공학 기기들은 2,000만 원, 3,000만 원을 호가했다. 사회가 성숙하는 속도는 그의 병이 진행되는 속도를 따라가지 못했다. 20년간 쉼 없이 달려온 그는 심신이 지쳐 있었다. 자신을 구할 수 있는 건 운동이 아니라 행운이 아닐지, 고통을 줄이는 건 공동체가 아니라 돈이 아닐지, 통증으로 하얗게 밤을 지새울 때마다 그는 생각했다. 그가 다시 혼자 싸우고 있었다.

"금호에게도 금호가 필요하네요."

나는 내가 금호가 아니어서 면목이 없는 기분으로 말했다. 지금 금호의 곁에 스물다섯의 금호가 있다면 그는 분명 이렇게 말할 것이다.

"까짓거, 농성해!"

스무 살의 금호라면 마이크도 없이 광장에 나가 고래

고래 소리를 지를 것이다.

"사람 목숨 갖고 장난쳐?"

나는 쫄보라서 소리를 지르진 못하고 조용히 전단지를 돌리는 마음으로 이 글을 쓴다. 나는 어떻게든 그를 지키고 싶고 그가 무너지는 것을 보고 싶지 않다. 노금호라는 존재는 각자의 어려움을 혼자서 극복하지 않아도 된다는 믿음이 이 세계를 어떻게 변화시키는지를 보여주는 상징이고 그것은 지금 우리 모두에게 가장 필요한 믿음이기 때문이다. (2021. 12. 12)

3

혜화역 엘리베이터의 유래

신입을 교육할 때 빠질 수 없는 것이 복사기 사용법이다. 노들장애인야학 신입 교사가 되었을 때 가뜩이나 기계치인 나는 선배들에게 도움을 청할 일이 많았다. 용건이 끝나면 선배들은 이렇게 물었다.

"그런데 이 복사기가 어떻게 생겼는지 들었어요?"

나는 들었으면서도 못 들은 척했다. "그러니까 이 복사기로 말할 것 같으면~"으로 시작되는 이야기를 그들이 무척 좋아했기 때문이었다. 복사기는 어떤 자부심의 징표였다. 나는 그 이야기를 무수히 들으면서 야학 교사가 되었다.

1999년 어느 날 야학 학생 이규식이 지하철 혜화역에서 휠체어용 리프트에 올라타려던 순간이었다. 아차, 하는 순간 앞바퀴가 리프트 바깥으로 나가버렸는데 안전판이 제구실을 하지 못해 규식은 그대로 계단 아래로 곤두박질치고 말았다. 이마가 계단에 퍽 하고 부딪치는 순간 그는 아, 이렇게 죽는구나, 하면서 정신을 잃었다.

그는 중증 뇌성마비 장애인이었다. 어린 시절 집에서 먹고 자는 일만 하다 열아홉 살에 시설에 들어갔다. 사람

구경이라곤 못 하는 산속이었다. 첫날 어머니가 떠나자 눈물이 왈칵 쏟아져 지쳐 쓰러질 때까지 울고 또 울었다. 먹고 자고 예배 드리는 일만 하며 20대를 다 보냈다.

서른 살이 되었을 무렵 어떤 후원자가 사준 스쿠터를 타고 처음으로 동네를 돌아다니기 시작했다. 산도 보고 개울도 봤다. 한참 가다 보면 학교도 있고 스케이트장도 나왔다. 사람들을 구경하는 게 재밌어서 아침밥 먹자마자 나가서 해 떨어질 때까지 돌아다녔다. 그렇게 1년을 보냈더니 더 넓은 세상이 보고 싶어졌다. 그는 가족이 있는 집으로 돌아와 스쿠터를 타고 탐험을 계속했다. 어느 날 오르막길을 따라간 그의 눈앞에 장애인야학이 나타났다. 공부하고 싶은 마음은 없었는데 교사들과 노는 재미에 푹 빠져서 야학에 다니기 시작했다. 비장애인과 그렇게 격의 없이 어울려본 건 처음이었다.

규식이 리프트를 타다 추락했다는 소식을 듣고 야학 사람들이 한달음에 병원으로 달려왔다. 목과 머리에 큰 부상을 입은 그를 본 사람들은 지하철공사에 찾아가 항의했다. 하지만 공사는 적반하장으로 규식의 장애 때문에 사고가 난 거라고 주장했다. 권리도 없고 법도 없고 '당연히' 엘리베이터도 없던 시절이었다. 분노한 사람들은 지하철공사를 상대로 손해배상을 청구했고 1년 후 법원은 규식의 손을 들어주었다.

"그리하여 규식은 보상금 500만 원을 받았고 혜화역엔 엘리베이터가 설치되었죠. 그때 규식이 보상금 일부를 야학에 후원했고 그 돈으로 이 복사기를 산 거예요." 야학 사람들은 그 복사기가 마치 혜화역 엘리베이터라도 되는 것처럼 늠름하게 두드리면서 말했다. 규식은 이렇게 썼다.

"그 경험은 나에게 큰 깨달음을 주었다. 참지 않고 목소리를 내면 무언가를 바꿀 수 있다는 사실을 알게 된 것이다."

그 일은 그들의 생각보다 훨씬 거대한 일의 전조였다. 이듬해(2001년) 오이도역에서 리프트를 타던 장애인이 추락해 사망했다. 노들야학은 장애인의 이동권을 외치며 서울역 철로 점거를 감행해 지하철 1호선을 30분간 멈춰 세웠다. 그러자 30년간 갇혀 있던 중증 장애인들의 목소리가 봇물 터지듯 쏟아져 나오기 시작했다. 규식은 본격적으로 장애인운동에 뛰어들었다. 야학 수업엔 잘 나오지 않았지만 거리의 투쟁에는 혀를 내두를 만큼 성실했던 그는 귀신같은 능력으로 경찰 저지선을 뚫고 가장 먼저 길을 만들면서도 가장 마지막까지 저항하는 사람이었다. 그의 쉼 없는 활동으로 2005년 드디어 이동권을 권리로 명시한 교통약자의 이동 편의 증진법이 제정되었다.

그리고 16년이 흐른 작년 말(2021년) 그 법의 개정안이 국회를 통과했다. 정부가 한 해도 어김없이 돈이 없다면서 법을 지키지 않자, 장애계가 '버스 대·폐차 시 저상버스 도입 의무화' 같은 조항을 넣어서 이 법의 강제력을 높여야 한다고 요구했기 때문이다. 그것을 요구하기 위해 규식은 12월부터 매일 아침 8시 혜화역에서 선전전을 진행했고 출근 시간 만원 지하철을 연착시키는 강도 높은 직접행동을 벌였다. 많은 시민들이 무시무시한 비난을 퍼부었지만 더 많은 시민들이 대체 이게 무슨 일인가 싶어 조용히 기사를 검색했다가 장애인이 탈 수 있는 버스가 고작 28퍼센트밖에 안 된다는 사실을 알아 버렸기 때문에, 그 법은 극적으로 개정되었다.

그 소식을 들었을 때 나는 서른 살의 규식을 기억하고 그와 함께 이번 생을 살아간다는 사실이 더없이 기쁘다고 생각했다. 누구나 자기의 목소리로 주체적으로 참여할 수 있는 사회를 상상할 때면 오늘도 자신이 만든 엘리베이터를 타고 혜화역으로 출근하는 늠름한 이규식이 떠오르는 것이다. (2022. 1. 10)

사라진 신발

2008년 김포에 있는 장애인 시설 석암베데스다요양원에서 비리와 인권유린 문제가 터졌다. 시설에서 살던 사람들은 바깥의 인권단체들과 힘을 합쳐 비가 오나 눈이 오나 서울과 김포를 오가며 집회와 농성을 이어갔다. 1년여의 긴 싸움 끝에 결국 책임자가 처벌받고 운영진이 교체되었다. 무말랭이만 나오던 반찬이 나아졌고 직원들의 노골적 폭력도 사라졌다. "그리하여 장애인들은 행복하게 잘 살았습니다"로 마무리될 줄 알았던 그 이야기는 2009년 여름 갑자기 판이 뒤집힌다. 기를 쓰고 시설에 맞서 싸운 사람들이 시설 환경이 개선되자 보란 듯이 그곳을 박차고 나가버린 것이다. 노숙을 할지언정 자기 삶의 주인으로 살겠다는 장애인들의 탈시설운동이 시작되었다.

　그해 봄 어느 날 탈시설 활동가 김정하는 지난 1년간 함께 투쟁했던 동지들을 만나기 위해 김포 양곡리로 찾아갔다. 오랜만에 다시 만난 이들은 요양원 앞 작은 공원에서 커피를 한 잔씩 타 들고는 둘러앉았다. 정하가 어렵게 입을 뗐다.

"이제 시설을 나오셔야 하지 않겠습니까. 하지만 바깥엔 아무것도 없습니다. 노숙 농성을 하면서 우리가 그걸 만드는 싸움을 해봅시다. 믿고 결의해주시면 저희도 끝까지 가보겠습니다."

말을 마친 정하는 긴장한 채 사람들의 얼굴을 살폈다. 기약도 없는 노숙이라니, 혹여 노여워하시지 않을까? 싸우면 정말로 살 집이 생기느냐고 물으면 뭐라고 답할까? 머릿속이 복잡했다.

잠깐의 침묵 뒤에 한 사람이 손을 들었다.

"나, 할게요."

그러자 너도나도 손을 들었다. 그렇게 여덟 명이 그 자리에서 싸움을 결의했다. 많은 걸 설명해야 할 줄 알았는데 전혀 그럴 필요가 없었다고 2021년의 정하가 말했다.

"얼마나 걸리는지, 실패하면 어떻게 되는지, 그런 질문 하나 없이 알았다고, 좋다고, 디데이가 언제냐고, 그것만 물으셨어. 마치 기다렸다는 듯이. 왜 이제야 말하느냐는 듯이. 그날의 이야기는 맥심 커피가 식기도 전에 끝났지."

그들 사이에 신뢰가 얼마나 단단했으면 그런 엄청난 결정을 그토록 가뿐히 할 수 있었을까. 나는 소름이 돋았다. 그렇게 싸우면 대책이 마련될 거라 예상했느냐고 묻자 정하는 망설임 없이 아니, 하며 웃었다.

"다만 될 때까지 싸우겠다고 생각했지."

이상하게 정직하고 애틋해서 과연 믿음직스러운 말이었다.

2002년 장애인권단체에서 일하던 정하는 강원도 어느 시설에 대한 제보를 받았다. 철문을 밀고 쳐들어간 그곳에 발달장애인들이 기둥과 방문에 묶여 있었다. 묶인 사람이 그 자리에서 볼일을 보자 다른 입소자가 세워져 있던 대걸레로 스윽 닦더니 다시 그 자리에 세워두었다. 눈으로 보고도 믿을 수 없는 처참한 환경이었다. 조사가 끝나고 무거운 마음으로 서울로 돌아오려는데 정하의 신발이 보이지 않았다. 한참 찾고 있으니 스무 살 남짓한 발달장애 여성이 자기가 감췄다면서 도로 갖다 주었다.

"그분은 왜 그랬는데요?"

내가 묻자 정하는 슬프고 난처한 얼굴로 말했다.

"가지 말라고."

아…… 나는 탄식했다. 정하는 가야 했다. 후속 조치를 해야 하니까. 그 후 시설은 폐쇄되었고 입소자들은 다른 시설로 분산되었지만, 정하는 오랫동안 죄책감에 시달렸다. 시설 문제는 도처에서 팡팡 터져 나왔다. 어느 정신요양원에서 만난 알코올의존증 남자는 말했다.

"우리는 돌아갈 집도, 나가 살 방법도 없는데 당신들은 돌멩이만 던지고 떠나면 끝입니까."

나중에 정하는 일본의 장애인운동 활동가 사이토 겐조를 만났다. 그는 1970년대에 학생운동을 했던 비장애인이었는데, 어느 날 장애인 시설에 갔다가 그 참상을 보고 충격에 휩싸였다. 얼마 후 그는 리어카를 끌고 그곳에 다시 가서 나가고 싶다는 장애인 네 명을 태우고 곧장 나와버렸다. 그 후 공동체를 만들어 함께 살면서 '차별과 싸우는 전국공동체연합'을 만들었다.

"그 이야기를 들었을 때 얼마나 찔렸는지 몰라. 나는 왜 그렇게 하지 못했을까. 그때 생각했지. 나는 좀 겁쟁이다……."

정하가 아직도 사라진 신발을 찾고 있는 것처럼 읊조렸다. 내가 아는 가장 헌신적이고 용감한 겁쟁이 활동가는 2005년 탈시설운동단체 '장애와인권발바닥행동'을 창립했다.

2009년 시설을 뛰쳐나온 8인의 노숙 투쟁은 두 달간 이어졌고, 그 결과 한국 사회 최초의 탈시설 주거정책이 만들어져 꾸준히 확장되어왔다. 정하는 놀라운 우여곡절 끝에 여덟 명이 뛰쳐나왔던 바로 그 시설 속으로 들어가 대표가 되었고 거주인의 탈시설과 시설 폐지를 추진하고 있다. "나갈래요" 하고 외칠 수 있는 사람뿐만 아니라 신발을 감추는 사람, 혹은 그조차 할 수 없는 사람 누구도 남겨두지 않는 탈시설의 선례를 만들어가는 중이다. (2022. 2. 13)

아름다움을 지키기 위해

대통령 선거가 끝나자 생각보다 더 심란했다. 사거리 횡단보도를 건너다 곳곳에 걸린 현수막 때문에 몇 번이나 눈을 질끈 감았다. 페미니스트인 친구는 현실이 눈 뜨고 보기 괴로우니 판타지나 픽션의 세계로 도피하라고 조언했다. 아름다운 것을 떠올리라고. 그래서 나는 김정하를 생각했다. 저항하는 인간들을 기록하는 게 내 일이다. 그들은 모두 복잡하고 미묘해서 고유하게 아름답지만, 그중에 김정하는 단연 독보적인 데가 있다. 무언가 아주 전형적인데 그래서 몹시 희귀하달까.

열일곱 살의 정하는 모임을 무려 네 개나 하느라 정신없이 바빴다. 그중 하나는 장애인 시설에 봉사하러 가는 비밀 동아리였다. 그 시설은 정하가 중학생 때부터 교회 사람들과 가던 곳이었는데 담당하던 선생님이 그만두면서 갑자기 방문이 중단되자, 정하가 몰래 친구들을 모아 간 게 시작이었다. 마지막 헤어질 때 "다음에 또 올게요" 했기 때문에 안 갈 수가 없었다고 마흔일곱의 정하가 말했다. 비밀 동아리였기 때문에 신경 써야 할 일이 아주 많았다. 모임 공지는 쪽지를 써서 손에서 손으로 전달했고 회합은 늦은 밤 학교 옥탑에 있는 보일러실에서 했다.

그게 왜 비밀이었냐고 물었더니 정하가 좀 망설이면서 성경에 보면 오른손이 한 일을 왼손이 모르게 하라고되어 있거든, 하고 대답했다. 나는 꺄악, 하고 소리를 질렀다. 소녀 김정하의 너무나 성경적이고 교과서적인 훌륭함에는 어떤 기가 막힌 답답함이 있었고 그게 너무 사랑스러웠다. 선생님들은 키 크고 힘센 정하에게 운동선수가 되라고 권했지만 그는 자라서 작고 약한 사람들을 위해 싸우는 장애인권운동가가 되었다. 여전히 오른손이 한 일을 왼손이 모르게 하느라 남들보다 곱절은 고단하게 살았지만, 그럼에도 도저히 감출 수 없는 아우라가 그에게 있다는 걸 정하 자신만 몰랐다.

2006년 여름, 정하가 서른 즈음이었을 때다. ○○재단이라는 대형 복지법인에서 문제가 터졌다. 정신장애 여성들이 성폭행을 당했고 발달장애인이 묶인 채 맞아 죽었다. 노동 능력이 있는 장애인은 막사에서 먹고 자며 개와 돼지를 키우는 동안, 운영자 일가는 수십억 원을 챙겨 부자가 되었다. 정하와 동료들은 관리 감독의 권한을 가진 종로구청 앞에서 농성을 시작했다. 구청은 한 달이 넘도록 아무런 답변도 하지 않다가, 어느 날 흰 와이셔츠를 입은 공무원 수십 명이 들이닥쳐 천막을 부수기 시작했다. 길바닥에 내동댕이쳐진 중증 장애인 활동가는 공무원의 구둣발에 그만 목이 짓밟히고 말았다.

그때 우레 같은 목소리로 등판한 정하가 말끔하게 정장을 입고 도열한 공무원들을 향해 "힘센 복지 재벌은 건드리지도 못하면서 힘없는 장애인들은 다 끌어내는 이 치사한 공무원들!" 하며 사자후를 토했다. 정하는 빗물이 줄줄 흐르는 아스팔트 위에 맨발로 선 채 거친 숨을 몰아쉬었다. 이 야성적 여자와 저 문명적 남자들의 대비가 너무 뚜렷해서 마치 영화의 한 장면 같았다. 정하는 꼭 총을 든 인간들과 대치 중인 한 마리의 슬픈 동물처럼 보였지만, 그 자리에 있는 모두는 완벽하게 무력한 자리에 있는 그가 실은 가장 힘센 존재임을 알았고 경외감을 느꼈다. 역사는 도도하게 흐른다는 걸 잊지 않고 싶을 때 나는 그날의 정하를 떠올린다.

2018년 정하는 대형 장애인 시설을 운영하는 프리웰 재단의 이사장이 되었다. 권력과 싸우던 사람이 그 권력에 앉는 이야기엔 필연적인 위태로움이 있다. 그 자리에 선 누구나 높은 확률로 '사회적 합의'나 '나중에' 같은 말을 하게 되기 때문이다. 하지만 정하는 그런 우려에 선을 긋듯 부임하자마자 '모든 거주인의 안전하고 빠른 탈시설과 시설 폐지'를 선언했고, 정말로 3년 뒤 그렇게 되었다.

나는 장애인운동을 하면서 놀라운 변화를 많이 보았지만 이만큼 멋지고 아름다운 드라마는 보지 못했다. 하지만 그 뒤엔 탈시설화에 반대하는 시설 운영자, 노동자, 거주인 가족들의 맹공격이 있었고 정하는 자신을 향한 온갖 고소 고발에 대응하느라 몹시 고통스러운 나날을 보내고 있었다.

나는 정하에게 이 힘든 일을 왜 계속하느냐고 물었다.

"콧줄 끼고 누워서 생활하던 분이 계셨어. 그분이 탈시설하신 뒤에 찍은 사진을 봤거든. 야간 개장한 경복궁이었는데……."

역류성 식도염이 도졌다며 정하가 눈을 질끈 감았다 뜨면서 말했다.

"웃고 계셨어. 시설에 살 땐 표정이 없는 분이었는데."

세상 사람들은 절대로 모르는 희미한 아름다움을 정하는 아주 많이 알 것이다. 그 말을 할 때 정하도 희미하게 웃었다. 그 아름다움을 지키기 위해 자신이 무엇을 감당해야 하는지 잘 아는 얼굴이었다. (2022. 3. 13)

그들이 온다

2009년 6월 4일 김포의 장애인 거주 시설 석암베데스다요양원에 살던 장애인 여덟 명이 시설을 뛰쳐나와 서울 마로니에공원에서 노숙 농성을 시작했다. 이들은 1년 동안 석암베데스다요양원의 비리와 인권유린에 맞서 싸운 거주인들이었는데 문제가 어느 정도 해결되자 이번엔 탈시설 권리를 요구하며 시설을 박차고 나온 것이었다. 처음 이 노숙 투쟁이 기획되었을 때 장애인운동 활동가였던 나는 입이 떡 벌어졌다. 목숨을 건 혼신의 싸움을 결의한 이들은 수십 년 동안 시설에서 살았던 중증 장애인들이었다. 먹고 자고 씻는 일과 그것을 지원하는 일이 모두 투쟁인 그런 농성이 될 것이었다. 생각만 해도 벌써 고단한데, 눈치 없는 심장이 쿵쿵 뛰었다. 뭔가 아주 획기적이고 아름다운 일이 벌어질 것 같았다.

고백하건대 그때 나는 탈시설 권리를 외치면서도 그것이 구체적으로 무엇을 뜻하는지는 몰랐다. 어느 날 한 선배가 "탈시설운동은 주거권운동이야. 집을 달라는 투쟁이지" 하고 말했을 때 나는 큰 충격을 받았다. 열심히 일하는 비장애인도 못 가지는 집을 일도 하지 않는 장애인한테 달라니······ 익숙하게 흐르던 생각의 회로가 갑자기 엉켜버린 채 멈춘 기분이었다. 그때 그 선배가 기본권으로서 주거권이나 유럽에 있다는 사회주택제도에 대해 설명해주었는지 아닌지는 기억나지 않는다. 다만 무언가 내 안에서 세계 충돌했던 감각만은 생생하다.

나는 '능력 있고' 돈 있는 사람이 돈을 주고 집을 사는 게 당연하다고 여기는 사람이었고, 그 논리대로라면 '능력 없고' 그래서 돈도 없는 이들이 집을 가질 수 없는 것 역시 당연하다 여겼다는 사실을 깨달은 것이다. 그건 바로 장애인들이었다. 내가 당연하다고 믿었던 어떤 논리가 장애인을 시설에 가두고 있었다. 그게 뭔지도 모른 채 세상을 향해 마구 던져댔던 짱돌의 실체를 알았던 순간, 균열이 간 건 내 안의 어떤 세계였다. 멈추었던 생각의 회로가 방향을 바꾸어 다시 흐르기 시작했다.

'와······ 이 운동 너무 어이없고 너무 신나네······?!'

왜인지 좋아서 비실비실 웃음이 나왔다.

내가 겪어본 가장 빡센 여름이었다. 두 달 후 이 대책 없이 무모한 이들에 의해 한국 사회 최초의 탈시설 주거

정책이 만들어졌다. 시설을 나와 자립을 준비할 수 있는 집 '체험-홈'과 5년까지 살 수 있는 '자립생활주택' 등이 그 내용이었다. 그 후 장애인 여덟 명은 스스로 만든 길을 딛고 지역사회로 나와 집을 얻고 평범한 시민으로 살아갔다. 그 길을 따라 더 많은 사람이 시설 밖으로 나왔고, 다시 그 길을 넓히기 위한 싸움의 대열에 합류했다. 탈시설운동은 장애인 차별에 맞서는 가장 강력한 운동이 되어 2013년 서울시 탈시설화 추진 계획과 2021년 중앙정부의 탈시설 로드맵을 이끌어냈다.

한편 장애인 여덟 명이 박차고 나왔던 문제의 시설(석암재단)은 시민사회의 끈질긴 개입으로 운영진이 완전히 교체되면서 인권과 사회 통합을 기치로 내건 사회복지법인 프리웰로 다시 태어났다. 프리웰은 적극적으로 거주인의 탈시설을 지원했다. 그리고 2021년 프리웰 산하 장애인 거주 시설인 향유의 집(옛 석암베데스다요양원)이 문을 닫았다. 한때 120명이 빽빽하게 살던 그곳엔 이제 아무도 살지 않는다. 그들 모두 지역사회로 돌아와 각자의 집에서 자유롭고 위태로우며 기쁘고도 슬픈 자기만의 삶을 향유하고 있을 것이다.

동료들과 함께 이 놀라운 역사를 기록해 《집으로 가는, 길》을 냈다. 탈시설이 '일부 장애계(전국장애인차별철폐연대)의 주장'이라고 축소하면서 '정치권에서 강하게 제동을 걸겠다'고 말한 이준석 국민의힘 대표가 이 책을 꼭 읽어주면 좋겠다. 그의 바람과 달리 탈시설 권리는 유엔 장애인권리협약에 명시된 장애인의 보편적 권리이고, 2008년에 이를 비준한 한국 정부는 그것을 지켜야 할 의무가 있다.

2009년 6월 4일 마로니에공원에서 장애인 여덟 명이 우리를 향해 오고 있다는 소식을 들었을 때의 긴장과 설렘, 피로의 예감이 아직도 생생하다. 그것은 우리가 생각했던 것보다 훨씬 거대한 물결의 시작이었다. 여덟 명이 개척한 길을 따라 모험과 자유의 여정을 시작한 사람이 80명이 되고 800명이 되자 그들의 목소리가 마침내 저 견고했던 차별과 억압의 성을 무너뜨리기 시작했다. 그 꿈같은 일이 실현되는 데 12년밖에 걸리지 않았다. 향유의 집 폐지는 더 큰 물결의 시작이 될 것이다. 2021

년 4월 한국 사회 최초로 장애인 거주 시설이 탈시설을 향한 자기 의지로 문을 닫았다. 마지막 시설이 문을 닫기까지는 얼마의 시간이 걸릴까.

그들이 온다. 가슴이 뛴다. (2022. 4. 10)

심장에 박힌 눈동자들

전국장애인차별철폐연대 활동가들이 장애인 권리 예산 보장을 요구하며 매일 아침 8시 삭발 투쟁을 한 지 한 달이 넘어가고 있다. 오늘(2022년 5월 9일)의 삭발자는 인천 민들레장애인야학 교장 박길연이다. 나는 지난해 그를 인터뷰했었다. 길연은 신비한 이야기를 많이 들려주었는데, 그중 내가 가장 사랑하는 이야기는 그의 심장에 박힌 어떤 눈빛들에 관한 것이다.

1990년 스물일곱 살의 길연에게 갑자기 류머티즘 관절염이 찾아왔다. 온몸의 관절이 빠르게 손상됐고 그는 영구적 장애를 갖게 되었다. 어느 날 휠체어를 타고 집 밖으로 나갔던 길연은 사람들의 싸늘한 시선에 상처받고 돌아와 몇 시간을 울고는 다시는 나가지 않았다. 길연이 다시 세상 밖으로 나온 건 그로부터 16년이 흐른 뒤였다. 2006년이었고 활동 지원 서비스를 요구하는 장애인들의 투쟁이 뜨겁게 타오르고 있었다. 길연은 홀린 듯이 그 투쟁에 빨려들어 갔다. 16년간 유폐되었던 삶이 자신을 그렇게 이끈 것 같다고 길연이 말했다.

그에겐 젊은 친구 몇 명이 생겼다. 뇌성마비 장애인들

이었다. 그들과 어울려 놀던 어느 날 길연은 그중 20대 청년이 한글을 모른다는 사실과 그들 모두 학교에 다닌 적이 없다는 사실에 큰 충격을 받았다. 안타까운 마음에 길연은 친구들을 집으로 불러 한글을 가르치기 시작했다. 두어 번 모였을 때 그가 살던 건물의 관리소장이 찾아왔다.

"박길연 씨 혼자일 때는 봐줬지만 장애인들이 떼로 드나들면 집을 빼줘야 합니다."

하는 수 없이 조그마한 공간이라도 구해보려고 부동산을 찾아 헤매던 길연은 장애인을 향한 노골적 괄시를 겪으며 친구들이 살아온 척박한 현실을 배워갔다.

간신히 공간을 구하자 이젠 월세가 문제였다. 친구들이 말했다. 껌을 팔면 돼. 길연은 귀를 의심했다. 알고 보니 그들 대부분 노점을 해본 경험이 있었다.

"오 마이 갓! 돌아가신 아버지가 봤으면 피눈물을 흘렸을 거야."

현재의 길연이 웃으면서 말했다. 하지만 그날의 길연은 속마음을 전혀 내색하지 못했다. 그것이 친구들이 살아온 삶이었고 무엇보다 그들이 몹시 진지했기 때문이다. 까짓것, 좀 쪽팔리면 어때. 길연은 마음을 다잡고 사탕 몇 봉지를 사서 팔기 좋게 포장한 뒤 말했다.

"자, 이제 어디로 가면 돼?"

경험 많은 친구들이 대답했다.

"임학역으로 가자."

가는 길에 길연은 진열대로 쓸 박스를 구해 무릎 위에 얹었다. 그런데 인도가 울퉁불퉁한 탓에 불안하게 덜그럭거리던 박스는 결국 바닥에 굴러떨어지고 말았고, 그걸 주우려고 안간힘을 쓰고 있는 중증 장애인들을 보며 지나가는 사람들이 왜 나와서 이 고생을 하느냐며 혀를 끌끌 찼다.

"하여간 마지막까지 온갖 수모를 다 겪었지."

길연이 만담꾼처럼 생생하게 그날을 재연했기 때문에 나는 입술을 깨물고 웃음을 참았다. 가까스로 임학역에 도착한 길연은 사탕을 보기 좋게 진열한 뒤 이제부턴 친구들이 알아서 하겠거니, 손을 탁탁 털었다.

순간 길연은 주변이 고요해짐을 느꼈다. 불길함이 엄

습했다. 예감은 틀리지 않아서 조심스럽게 얼굴을 돌린 길연은 자신만 바라보고 있는 열 개의 눈동자를 보고 말았다. 그 눈들은 이렇게 말하고 있었다.

'소리를 질러야 사람들이 알지!'

당황한 길연도 눈으로 말했다.

'내가? 왜? 너희들이 하자고 한 거잖아! 많이 해봤다며!'

하지만 길연은 그곳에 언어 장애가 없는 사람은 자신뿐이라는 사실도 똑똑히 보고 말았다. 그날의 기억을 떠올리며 현재의 길연이 연극배우처럼 과장되게 고개를 떨구며 말했다.

"여긴 어디이고, 나는 누구인가."

그가 천천히 고개를 들었다.

"확, 도망칠까? 고민하면서 그 친구들을 봤지."

나는 침을 꼴깍 삼키며 다음 대사를 기다렸다. 길연이 내 눈을 빤히 바라보며 말했다.

"그때 나를 보던 그 눈빛들을 잊을 수가 없어. '나 공부해야 돼. 우리 공부할 공간이 필요해'라고 말하는 아주 간절한 눈빛들⋯⋯."

ㄱ, ㄴ을 가르치기 위해 때론 그 사람의 인생 전체가 필요하다. 그 인생에 휘말려들 준비가 되었는가. 그 눈빛들은 그렇게 묻고 있었다. 길연은 눈을 딱 감고 외치기 시작했다.

"장애인 교육권 보장을 위해 모금하고 있습니다. 이 껌 씹으면 마음 변한 애인도 딱 달라붙어요!"

더러는 술 취한 남자들이 "병신 육갑하네" 하면서 지나갔지만 더는 두렵지 않았다고 길연이 말했다. 그 장면을 생각하면 어김없이 조금 울게 된다. 이런 이야기들은 번번이 나를 구원한다. 차별받는 누군가의 눈동자가 심장에 박힌 이들이 오늘도 머리를 밀고 밥을 굶고 지하철 바닥을 기어간다. 매일 아침 8시, 목이 멘다. (2022. 5. 8)

유언을 만난 세계

1995년 3월 8일 밤 9시 30분 불 꺼진 서초구청 앞마당에서 한 남자가 자신의 몸에 불을 붙였다. 치솟은 불이 그의 몸을 활활 태운 뒤 천천히 잦아드는 동안 지켜보는 사람은 아무도 없었다. 순찰을 돌던 당직실 직원이 뒤늦게 발견해 그를 병원으로 옮겼다. 그의 이름은 최정환. 양재역 앞에서 카세트테이프를 팔던 장애인 노점상이었다. 그날 저녁 단속반에게 압수당한 스피커와 배터리를 찾으러 구청에 갔다가 '병신'이란 말을 듣고 쫓겨난 뒤였다. 새카맣게 타버린 그를 본 동료는 숯덩이 속에서 사람의 목소리가 들렸다고 했다. 그 목소리는 고통에 신음하면서도 이렇게 말했다.

"복수해달라. 400만 장애인을 위해서라면 죽어도 좋다."

최정환은 3월 21일 사망했다. 그의 나이 서른여덟이었다.

그의 분신은 문민정부가 들어선 뒤 가두시위조차 꺼릴 만큼 주춤해 있던 민중운동 세력들을 다시 거리로 불러 모은 크나큰 사건이 되었다. 사람들은 문민정부가 부르짖던 '세계화'의 기만성이 드러났다며 김영삼 정권 퇴진을 부르짖었다. 그러나 그 순간에조차 장애 문제는 부차적인 것이었고 가난했던 장애인 노점상의 삶과 죽음은 제대로 조명되지 못한 채 잊혔다. 그의 이야기는 26년이 지난 2021년 진보적 장애인 언론사 《비마이너》에 의해 복원되어 책 《유언을 만난 세계》에 기록되었다. 더 나은 세상을 위해 목숨 걸고 저항했으나 주류 운동의 열사들과 달리 전혀 주목받지 못한 장애해방운동 열사 8인의 이야기가 담겨 있다.

1958년에 태어난 최정환은 어린 시절 부모에게 버려져 고아원에서 성장했다. 고아원을 나온 뒤 스물한 살에 불의의 교통사고를 당해 하반신이 마비됐고 오른쪽 다리를 절단했다. 갈 곳 없는 장애인이 된 그는 종교단체가 운영하는 시설에 들어가 살았지만 얼마 안 가 그곳을 나왔다. 얻어먹는 존재로만 살고 싶지 않았다. 최정환은 시장 바닥에서 수세미를 팔며 자기 힘으로 살았다. 다리에 고무 튜브를 끼우고 엎드린 채 하루 종일 사람들의 무릎 아래를 기어다니는 힘든 노동이었지만 그냥 손 벌리는 게 아니라 물건을 팔아 돈을 번다는 자부심에 자신을 당당한 사회구성원으로 여길 수 있었다. 수세미에서 카세트테이프로 종목을 바꾼 뒤엔 성내역 근처에 자리를 잡고 돈도 제법 쏠쏠하게 벌었다.

1994년 최정환은 양재역 앞에 있었다. 성내역 자리는 더 어려운 장애인에게 넘겨주고 자신은 새로운 상권으로 진출한 것이었다. 돈 많은 서초구는 노점상 없는 구를 만들겠다며 더 많은 용역을 고용해 노점을 단속했다. 사흘이 멀다 하고 나라에서 쳐들어와 좌판을 엎어버리는 통에 마음이 여간 고통스러운 게 아니었다. 먹고살겠다고 카세트테이프 좀 팔겠다는 게 그렇게 잘못한 일인가. 벌금을 물고 압수당한 물건을 찾으러 갈 때마다 삶이 비루했다. 그럼에도 시장 바닥을 밀고 다니며 수세미를 팔았던 그답게 매일매일 용기를 내 꿋꿋이 거리로 나섰다. 하지만 그해 여름 단속을 당하는 과정에서 왼쪽 다리마저 부러져 병원에 입원했을 땐 그마저도 할 수 없게 됐다.

최정환이 피해 보상을 요구하자 구청은 나중에 편하

게 장사하게 해줄 테니 조용히 넘어가자고 회유했다. 모아둔 돈을 3개월 입원비로 다 쓰고 퇴원한 최정환은 깁스도 풀지 못한 채 다시 노점을 폈다. 살아야 했으니까. 하지만 구청은 약속을 어기고 언제 그랬냐는 듯 또다시 불법 노점이라며 그의 물건을 빼앗아 갔다. 분통이 터져 병원 진단서를 들고 가 경찰에 신고했지만 경찰은 움직이지 않았다. 먹고사는 일이 불법인 그는 존재 자체가 범죄였다. 돈을 벌 방법이 없는 사회에서 돈을 벌겠다고 나선 장애인은 어떻게 해도 범죄자가 될 수밖에 없다. '병신'들에게 허락된 노동은 구걸뿐이었다.

한 인간이 자기 자신을 불태우기로 마음먹는 어떤 밤을 생각한다. 그의 저항을 지켜보는 이가 아무도 없었다는 사실은 이 고통스러운 의식을 절대 실패하지 않겠다는 의지처럼 느껴져 더욱 무섭고 슬프다. 고백하건대 살아 있는 사람들의 이야기도 듣기가 버거운데 죽은 사람들의 얘기까지 꼭 들어야 할까 생각했었다. 그랬던 내게 시장 바닥에 엎드려 수세미를 팔던 최정환이 기어서 다가왔다. 그것은 어쩔 수 없이 2022년 출근길 지하철 바닥을 기며 장애인 권리 예산을 요구하는 장애인 활동가의 모습과 겹쳐졌다. "그건 당신들 사정이고 왜 우리가 피해를 입어야 돼요?" 하고 당당하게 말하는 '죄 없는' 시민들의 자리에 나는 앉아 있다. 살아 있다는 것이, '불법'을 저지르지 않고도 살아갈 수 있다는 것이 어마어마한 특권처럼 느껴지는 것이다. (2022. 6. 5)

소리 없는 유언

1995년 3월 8일 밤 전국노점상연합회 활동가 유희는 한 통의 전화를 받았다. 최정환이라는 장애인 노점상이 분신했다는 소식이었다. 사람들과 함께 병원으로 달려간 유희는 난생처음 분신한 사람을 보았다. 불에 탄 남자는 온몸의 껍질이 벌겋게 벗겨진 채 사경을 헤매고 있었다. 서른일곱이었던 유희 역시 청계천에서 노점을 하며 아이 셋을 키운 사람이었기에, 누구보다 단속의 고통을 잘 알고 있었다.

"장애인이 직업을 갖는다는 걸 감히 생각지도 못하던 시절에 노점을 해서 먹고살아 보려던 사람이 얼마나 괴로웠으면 제 몸에 불을 붙였을까, 그 심정을 생각하니 죽을 것처럼 마음이 힘들었어요."

세월이 흘러 60대가 된 유희가 마이크를 꼭 쥐고 말했다. 최정환 열사의 이야기가 실린 책《유언을 만난 세계》북 콘서트 자리에서였다.

최정환을 보고 돌아온 그는 밤새 험한 꿈에 시달렸다. 불에 탄 최정환이 귀신처럼 커다랗게 다가오는 꿈이었다. 어찌나 무서운지 눈을 감기가 두려운 밤이었다. 이렇게 무서운 것들을 앞으로도 계속 보게 될 텐데 이걸 뛰어넘지 못하면 영원히 운동은 못 할 것 같았다. 다음 날 그는 동료들에게 이 두려움을 넘어서기 위해서라도 자신이 최정환을 계속 만나고 싶다고 말했다. 중환자실의 최정환은 하루 두 번밖에 면회가 되지 않았는데 스스로 그 일을 자처한 것이었다. 인간이 얼마나 크게 말하고 싶으면 제 몸에 불을 붙일까. 얼마나 많은 사람이 듣길 바라면 그런 고통을 감내할까. 그는 떨리는 손으로 녹음기를 쥐고 중환자실로 들어갔다. 두 눈을 부릅뜨고 최정환을 바라보았다.

그는 최정환의 저 유명한 유언 "복수해달라. 400만 장애인을 위해서라면 죽어도 좋다"라는 말을 직접 듣고 전한 사람이었다. 60대의 유희가 그 말을 들었던 과정을 들려줬다.

"화상으로 입술과 눈꺼풀이 다 뒤집어진 사람도 이야기할 수 있습디다. 왜 이렇게 힘든 일을 했나요, 하고 내가 말하면 최정환도 어, 어, 어, 하면서 무언가 말하려고 애를 썼고 그러면 내가 스무고개를 하듯이 그 사람이 무슨 얘기를 하고 싶은지 계속 물었습니다."

어느 날 최정환이 입술에 힘을 주며 오므리는 모양이 꼭 '복수' 같아서 유희가 물었다.

"복수? 복수해달라고요?"

최정환이 어, 어, 어, 하자 유희는 자신의 얘기가 맞으면 눈을 깜빡여보라고 주문했다. 최정환이 안간힘을 써서 눈을 감았다가 떴다. 유희는 목이 메었다.

"알았어요, 복수해줄게요. 그러니까 절대로 죽지 말아요. 당신이 그렇게 원하던 집회를 매일 하고 있어요. 그러니 꼭 살아야 해요. 살 거죠? 동지, 살 거죠?"

유희는 그의 답이 간절하게 듣고 싶었다.

"내 말을 알아들었으면 눈을 깜빡여보세요."

이번에도 최정환은 눈을 천천히 감았다 떴다.

하지만 다음 날 만났을 때 최정환의 동공은 열려 있었고 사람을 알아보지 못했다. 그날 밤 그는 서른여덟의 나이로 사망했다. 유희가 들은 "복수해달라"라는 말은 그렇게 그의 유언이자 시대의 유언이 되었다. 수많은 장애인과 노점상, 대학생들이 그 말에 화답하듯 거리로 뛰쳐나와 살인적 노점 단속에 저항하고 장애인과 빈민의 생존권을 요구하며 싸웠다. 최정환이 그토록 기다렸던 존재들이었다. 유희는 커다란 솥을 걸고 수백 명이 먹을 밥을 지었다.

최정환의 영결식은 연세대에서 치러질 예정이었다. 하지만 연세대로 출발한 트럭은 병원을 나서자마자 방향을 틀어버렸다. 한 장애인 조직이 경찰과 손잡고 주검을 빼돌린 것이었다. 최정환의 주검은 고급 승용차인 까만 캐딜락에 옮겨져 경찰의 엄호와 방송사 스포트라이트를 받으며 어딘가로 향했다. 분노한 사람들은 경찰서 앞에 건축 쓰레기를 쌓아 불을 질렀고 유희는 캐딜락을 막고 엉엉 울었다. 그날 오후 어떤 사람들은 서울 도심 곳곳에서 최정환의 유언을 외치며 격렬하게 저항하다 체포되었고, 어떤 사람들은 경기도 용인의 공원 묘역에서 불에 탄 최정환의 주검을 조용히 땅에 묻었다.

유희가 들었다는 최정환의 유언은 소리가 없었으므로 의심을 받았다. 기도를 절개했던 최정환이 정말로 그렇게 말할 수 있었겠느냐고 사람들은 수군거렸다. 두 사람의 대화가 담겼다는 그날의 녹음테이프는 진실을 알고 있을까. 말하는 사람의 소리는 하나도 없고 듣는 사람의 한숨과 훌쩍임, 애절한 질문만이 가득 담겨 있을 그 테이프 말이다. 최정환의 유언에 얽힌 이 이야기는 '잘 듣는다는 것'이 무엇인지 질문하는 한 편의 슬픈 영화 같다. '무엇을 듣겠다'는 것은 실은 '어떻게 살겠다'는 의지의 표현이어서, 우리는 같은 것을 듣고도 모두 다르게 살아가는 것이다. (2022. 7. 3)

동물의 눈

배달노동조합에서 활동하는 배우자가 10년 전 미국 맥도날드 노동조합에 방문했을 때였다. 수백 명이 모여 파업 투쟁을 하는 날이었는데 신기한 점이 있었다. 끼니마다 주최 쪽에서 채식 메뉴가 준비돼 있음을 안내하는 것이었다. 파업 같은 엄중한 사안 앞에서 '점심 샌드위치에 고기를 넣을지 말지'처럼 사소한 문제를 묻고 따지는 일이 퍽 인상적이긴 했어도 썩 좋아 보이지는 않았다고 배우자는 말했다. 인생은 알 수 없는 것이어서, 몇 년 뒤 고양이와 함께 살게 된 그는 급작스럽게 동물권의 세계에 눈을 떴고 거부할 도리 없이 탈육식의 대열에 합류했다. 대부분이 중년 남성인 조합원들로부터 그가 가장 많이 받는 질문은 "그러면 단백질은 어떻게 보충해?"였다.

그 궁금증은 한때 그의 것이기도 했으므로 배우자는 질문을 받을 때마다 성실하게 대답했다. 어떤 날은 균형 잡힌 채식이 임신, 수유기를 포함해 삶의 모든 단계에서 안전하다고 발표한 미국영양학협회의 권위를 빌렸고 어떤 날은 유명 운동선수들이 나와 신체 능력 강화에는 육식보다 채식이 더 효과 있음을 과학적으로 증명하는 다큐 〈더 게임 체인저스〉를 권했다. 하지만 나날이 훌륭해지는 그의 대답과 달리 동료들의 질문은 놀라울 만큼 똑같았고 거의 기계적이었다. 최선을 다해 대답하던 어느 날 그는 불현듯 이 질문이 '이상한 변호사 우영우'가 좋아한다는 그 '고래 퀴즈' 같은 것임을 깨달았다.

퀴즈는 이렇다.

"몸무게가 22톤인 향고래가 500킬로그램에 달하는 대왕오징어를 먹고 여섯 시간 뒤 1.3톤짜리 알을 낳았다면 이 향고래의 몸무게는 얼마일까?"

질문을 받는 순간 눈알을 굴리며 계산기를 돌리기 시작한 사람들의 머릿속이 엉키기 시작할 즈음 정답이 발표된다. 정답은?

"고래는 알을 낳을 수 없다."

고래는 포유류라 알이 아닌 새끼를 낳기 때문이다. 그러니까 고래 퀴즈의 교훈은 이것이다.

"초점을 잘못 맞추면 문제를 풀 수 없다. 핵심을 보아야 한다."

배우자는 말했다.

"문제는 단백질 과잉이지, 단백질 부족이 아니었다고. 사실 그걸 모르는 사람은 없어."

고개를 끄덕이다가 나는 더 중요한 핵심은 따로 있다고 생각했다. '고기 = 단백질', 그러니까 '고기 = 음식'이라는 데에만 초점을 맞추다 보면 절대 풀 수 없는 문제가 있다. 바로 축산업이라는 폭력이다. 그 잔혹함은 '고기 = 음식'이 아니라 '고기 = 동물'이라는 사실에 초점을 맞춰야만 볼 수 있다. 축산업을 통과해 나온 동물들의 사체가 바로 고기다. 어떤 렌즈를 통해 보느냐에 따라 문제는 완전히 달라진다. 인간의 눈으로 보면 '음식'이고 동물의 눈으로 보면 '폭력'이다. 햄버거 패티처럼 '사소한 취향'이 되기도 하고 '역사상 일어난 모든 전쟁이 만들어낸 비극을 다 합한 것보다 더 큰 폭력'이 되기도 한다.

도시공학 연구자 이현우가 쓴 동물권 에세이 《그러면 치킨도 안 먹어요?》를 읽었다. 삶을 바꾸는 앎의 순간이 있다. 그것을 알기 전의 나와 알고 난 뒤의 내가 결코 같다고 말할 수 없는 그런 앎의 순간 말이다. 이현우에게 그것은 6년간 함께 살았던 개 '똘이'가 아버지에 의해 개장수에게 넘겨진 뒤 '해체'됐다는 소식을 들었던 때였다. 똘이에게 물린 아버지가 '사람을 한번 문 개는 더 이상 키울 수 없다'고 생각해서 일어난 일이었다. 그때 저자의 눈에 장착되어 있던 어떤 렌즈가 탁, 하고 깨져버렸다. 균열이 간 렌즈를 통해 보이는 세상은 더 이상 어제의 세상이 아니다. 온통 도살장이다. 균열이 간 그 렌즈는 바로 똘이의 눈, 철창 속에 갇힌 채 시시각각 다가오는 죽음을 느끼며 두려움에 떨고 있는 동물의 눈이다.

똘이의 죽음에 무거운 죄책감을 느낀 저자는 똘이의 눈으로 세상을 새롭게 바라보는 긴 여정을 떠난다. 기도하는 마음으로 채식을 시작한 그는 거기서 멈추지 않고 계속 질문하며 나아간다. 우리는 왜 한편에선 동물을 보호하고 한편에선 동물을 학살하는가. 우리는 왜 개는 사랑하고 돼지는 먹고 소는 입는가. 우리는 왜 '개를 먹으면 안 된다'는 주장엔 고개를 끄덕이면서 '소, 돼지, 닭을 먹으면 안 된다'는 주장에는 '과하다'고 반응하는가. 치열하게 묻고 읽고 쓰던 그의 발걸음은 도살장과 수산시장, 생추어리(동물들의 안식처) 등으로 이어져 마침내 인간 중심주의에 맞서는 동물해방운동에 가닿는다.

단백질 보충이라는 사소한 이유로 피 흘리며 도살되는 동물들이 급증하는 계절이다. 부디 이 엄중함을 알아보는 이들도 조금은 늘어나길 간절하게 바란다. 이 책이 도움이 되면 좋겠다. (2022. 7. 31)

고양이에게 약 먹이는 법

처음으로 동물이 주어인 글을 쓰기 시작한 건 꼭 3년 전이었다. 글은 이렇게 시작했다.

"카라는 3개월 전에 우리 집에 왔다. 카라는 3개월 된 새끼 고양이다."

대체로 결말을 모른 채 글을 쓰는 나는 그래서 매번 글쓰기가 두렵지만 그때 느꼈던 설렘과 막막함은 난생처음 경험하는 것이었다. 카라가 나를 어디로 데려갈지 예측이 안 되어서 식은땀이 줄줄 흘렀다. 며칠 뒤 마감이 임박해왔을 때 떠밀리듯 쓴 마지막 문장은 이것이었다.

"나는 동물들을 잔혹하게 착취하는 고기를 먹지 않으며 살아보기로 했다."

바야흐로 나의 세계가 급격히 바뀔 것임을 알리는 신호탄이었다.

카라는 무시무시한 고양이었다. 사냥의 명수답게 하루에도 열두 번씩 나를 할퀴고 물었다. 카라를 자극하지 않기 위해 나는 초식동물처럼 지냈다. 내 집에서 도둑처럼 살금살금 걸었다는 뜻이다. 나는 인간이고 쟤는 짐승인데 내가 왜 이렇게 눈치를 보며 살아야 하나, 굴욕감을 느낄 때마다 예전처럼 쿵쾅쿵쾅 함부로 걸어 다니고 싶어서 한숨이 나왔다. 카라와 함께 지내는 법을 익히는 데에는 신기하게도 장애인운동의 경험이 큰 도움이 되었다. 다른 몸, 다른 언어, 다른 신경체계를 가진 존재들이 어떻게 평등하게 함께 살 것인가를 고민했던 그 감각, 공기처럼 당연하게 여겨지던 배제와 격리를 비장애중심주의가 만들어낸 차별이라고 정의하는 그 전복적인 세계관 말이다.

카라가 장염에 걸려 동물병원에 갔을 때였다. 젊은 남자 의사는 일주일치 약을 지어주며 고양이에게 약 먹이는 법을 알려주었다. 고양이의 입을 벌린 뒤 알약을 최대한 목구멍 가까이 밀어 넣고는 고양이가 약을 뱉어내지 못하도록 재빨리 입을 꽉 닫아주라는 것이었다. 나로선 감히 엄두도 못 낼 일이었다. 의사에게 말했다.

"카라는 아주 사나운 고양이예요. 그렇게 했다간 제 손가락이 남아나질 않을걸요. 그러니까 약은 안 먹여도 되죠?"

아마도 나는 그가 허허, 어쩔 수 없죠, 사람이 더 중요하니까, 같은 말을 할 줄 알았던 거다. 하지만 그는 잠시도 주저하지 않고 말했다.

"아니요, 먹이셔야 합니다. 고양이가 아프면 안 되니까요."

깜짝 놀랄 만한 사실을 들었다는 듯 내 입이 딱 벌어졌다.

"아! 먹여야 하는구나. 고양이가 아프면 안 되니까……."

나는 그가 동물을 위한 의사임을 새삼스럽게 떠올렸고 그게 아주 근사한 일이라는 걸 깨달았다.

책임감 있는 보호자가 되고 싶었으므로 진지하게 물었다.

"그러면 남편이 카라의 몸통을 붙잡고 제가 카라의 입을 벌린 뒤 약을 넣으면 되나요?"

동물을 잘 제압할 방법 같은 게 있는지 진심으로 궁금했던 거다. 의사는 큰일 날 소리를 들었다는 듯 두 팔을 허우적거리며 대답했다.

"그렇게 하시면 카라는 평생 약을 먹지 않는 고양이가

될 겁니다. 고양이는 몹시 예민한 동물입니다."

이번에도 내 입이 딱 벌어졌다. 예민한 짐승이라니. 둥근 네모처럼 이상한 말 같았다. 자고로 동물이란 주는 대로 먹고 아무 데서나 자는 그런 존재가 아니었던가. 그즈음 나는 이 세계의 동물들이 얼마나 비천한 지위에 있는지 빠른 속도로 알아가고 있었기 때문에 어떤 권력관계가 전복된 그 작은 진료실이 꼭 외계 행성처럼 느껴졌다. 그는 놀라운 말을 계속했다.

"억지로 하시면 절대 안 됩니다. 카라가 싫어하면 곧바로 물러나세요. 그리고 다음 날 다시 시작하는 겁니다. 천천히, 매일, 노력하십시오. 6개월 정도 걸릴 겁니다."

믿을 수 없이 아름답고 비효율적인 주문이었다.

약을 먹지 않으려는 어린 고양이와 약을 먹이려는 어른 인간의 씨름이 시작되었다. 힘 조절에 실패하면 카라는 평생 약을 먹지 않는 고양이가 될 거라는 말을 되새기며, 나는 매일 물러서는 법을 익혔다. 그것은 왜인지 아버지와 나의 관계를 떠올리게 했다. 아버지가 실패했던 일을, 나는 잘해내고 싶었다. 카라에게 사랑받고 싶었다. 지난날의 아버지에게도 그런 걸 가르쳐줄 누군가가 있었더라면 얼마나 좋았을까 생각하며 매일매일 실패를 쌓아가던 어느 날 기적같이 카라가 알약을 삼켰다. 우리는 깜짝 놀라 서로를 바라보았다. 사십 평생 가장 뿌듯한 성취였고 훌륭한 팀워크였다.

카라는 여전히 나를 물고 할퀴었지만 조금씩 그 힘이 약해졌다. 그도 나를 보호하고 있다는 뜻이다. 경이롭고 뭉클했다. 카라는 기쁨과 슬픔, 두려움과 고통을 느끼는 고유하고 생생한 존재다. 나는 그를 감정과 의지를 가진 온전한 주체로 존중하는 법을 배웠다. 그의 부드러운 털을 쓰다듬을 때도 그 속에 날카로운 발톱이 숨어 있음을 잊지 않는다. 우리는 오늘도 그렇게 다른 종과 함께 살아가는 법을 익혀가는 중이다. (2022. 8. 28)

잘못된 만남

요즘 장애인운동을 하는 비장애인 활동가들을 인터뷰한다. 장애인운동은 비장애 중심 사회가 가리고 지우는 장애인을 선명하게 드러내는 운동이므로, 이 과정에서 비장애인은 역설적이고 필연적으로 가려지고 지워진다. 그들은 무대 위에 있을 때조차 쪼그리고 앉은 채 장애인에게 마이크를 대주거나 뒤에서 우산을 드는 사람들이다. 장애인도 아니면서 장애인을 차별하는 세상을 매일 새삼스럽게 통탄하느라 이번 생을 다 쓰는 사람들이다. 그들에게 이 운동을 왜 하는지, 왜 떠나지 못했는지 같은 질문을 하며 올여름을 보냈다. 동경하는 활동가 대구 질라라비장애인야학 교장 조민제에게 묻자 그는 심플하게 대답했다.

"선배를 잘못 만나서요."

조민제는 2003년 대구대학교 특수교육과에 입학했다. 가정 형편이 넉넉지 않았던 그는 장애인 룸메이트를 하면 기숙사에 계속 지낼 수 있다는 말을 듣고 곧바로 신청했다. 민제는 기숙사에서 운명의 선배를 만났다. 근육장애인이었던 선배는 허름한 자기 방 침대 위에 밥상을 편 채 앉아 있었다. 밥상엔 길 잃은 어린 양을 인도하는 예수님이 그려져 있었고 그 위엔 소주가 담긴 2리터 페트병이 있었다. 선배는 소주를 병째로 들이켜며 걸걸한 목소리로 말했다.

"신입생이야? 인사해봐!"

서른아홉의 민제가 말했다.

"충격이었죠. 장애인은 다 착한 줄 알았는데……. 가치관이 다 흔들렸달까."

전혀 착할 것 같지 않은 그 선배는 학내 장애인권운동의 리더 노금호였다.

2006년 금호가 학교를 졸업하고 본격적으로 장애인운동을 하겠다며 기숙사를 떠날 때 그의 얼굴엔 패기가넘쳤다. 하지만 얼마 뒤 사정이 급격히 나빠졌다. 함께 살기로 했던 비장애인 룸메이트에게 사정이 생기는 바람에 운동은커녕 밥 먹고 화장실 가는 일마저 어려워진 것이다. 커다랗던 선배가 학교를 떠나자 '처절한 중증장애인'으로 쪼그라든 걸 보는 민제의 마음이 좋지 않았다. 금호는 민제에게 서울의 장애인들이 활동 지원 서비스를 요구하는 농성을 했고 서울시가 제도화를 약속했다는 소식을 전하며, 대구에서도 농성할 테니 와서 도와달라고 했다. 민제는 교사 임용고시를 준비하려던 참이었다. 하지만 금호는 가장 낮은 목소리를 대변하던 헌신적 리더였고 민제가 어려울 때 장학금을 알아봐주던 고마운 선배였다. 금호를 외면한다면 자신도 죄책감으로부터 자유롭지 못할 것 같았다.

2006년 5월 18일 대구시청 앞에서 농성이 시작됐다. 그것이 자신의 운명을 바꿔놓을 43일의 첫날임을 그땐 몰랐다. 민제는 평생 집 안에서만 지냈다는 중증 장애인들을 만났다. 자립해 혼자 사는 류재욱 형님의 이동 이야기는 정말 굉장했다. 아파트 경비실에 계속 전화를 해 지하철역까지만 밀어달라고 조르고, 그다음엔 공익요원을 불러 지하철 플랫폼으로 내려간 뒤 전동차 안으로 밀어달라고 하고, 내릴 때가 되면 승객들한테 전동차 밖으로 밀어달라고 부탁했다. 거기서 또 공익요원을 불러 지상으로 올라간 뒤 마지막으로 행인들을 붙잡아 좀 밀어달라고 한다는 얘기였다. 그렇게 해서 그가 매일같이 향하는 곳은 검정고시 공부를 하는 질라라비장애인야학이었다. 민제는 아스팔트 위에서 침낭을 덮고 자유를 향한 장애인들의 어마어마한 투쟁담을 들으며 잠들었다.

거리로 나간 제자들에게 대학교수들은 불법시위에 동원되지 말고 당장 학교로 돌아오라고 엄포를 놓았다. 어떤 이들은 떠났고 어떤 이들은 남았다. 남은 이들이 있어 농성은 계속됐다. 삭발하고 점거하고 증언하는 몸이 있기 위해선, 그들이 밥 먹고 화장실 가는 걸 지원하는 몸도 있어야 했다. 때론 먹먹하고 때론 절박했지만 그 농성은 뭐랄까 즐거운 캠프 같았다고, 민제가 말했다. 모두가 함께 밥을 먹었고 원할 때 화장실을 갔고 평등하게 밤이슬을 맞으며 잤다.

43일간의 대동세상이 끝났을 땐 장애인의 삶도 비장애인의 삶도 바뀌기 시작했다. 이듬해 정부 예산 1,000억 원을 시작으로 활동 지원 서비스가 제도화됐고 민제는 제도권 바깥으로 삶의 방향을 틀었다. 그는 말했다.

"사회적 권력을 갖지 못한 사람들이 권력을 획득해가는 과정이 좋았습니다. 저는 관계가 역전되고 권력이 전복되는 과정에 희열을 느끼고, 그것이 제가 장애인운동을 좋아하는 이유 같아요."

평범한 비장애인들이 운명적 만남들을 통해 장애인과 비장애인의 잘못된 관계를 깨닫는 이야기, 그 차별적 관계를 역전시키고 아름답고 비효율적인 세계를 제도화하기 위해 함께 손을 잡고 선을 넘는 이야기들이 10월부터 진보적 장애인 언론 《비마이너》를 통해 연재된다. 많은 관심 부탁드린다. (2022. 10. 2)

탈시설은 혁명이다

11월 2일 국회 운영위가 국가인권위원회에 대한 국정감사를 실시했다. 이날 참고인으로는 탈시설 정책에 반대하는 시설 직원이 출석했다. 그는 모든 거주인을 자립시키고 시설의 문을 닫은 사회복지법인 프리웰의 활동을 비난하면서, 의사 표현이 어려운 중증 장애인의 탈시설을 지원하는 일에 대해 '범죄'라고 말했다. 나는 큰 충격을 받았다. 그는 또 자신이 장애인들에게 했던 배변 처치를 적나라하게 묘사하며 자신의 헌신을 강조했다. 가장 취약한 이들을 발가벗겨 그들의 무능함을 보인 뒤 이들을 보호하기 위해 시설이 필요하다고 말하는 것이다. 나는 모욕감을 느꼈다. 숭고함의 외피를 쓴, 비열한 차별의 얼굴이었다.

요즘 내가 기록하는 사람은 탈시설운동가 임소연이다. 누군가가 '범죄'라고 칭한 그 일을 지난 20여 년간 해온 사람이다. 2005년 소연은 한국 최초로 장애인 시설에 거주하는 사람들의 인권 실태를 조사했다. 소연을 압도한 건 이런 것이었다. 누워서 생활하는 중증 장애인에게 뭐가 제일 힘드냐고 물었을 때 그는 천장을 바라보며 대답했다.

"나한테만 주스를 안 줘요."

소연이 다시 물었다.

"뭘 안 준다고요?"

그가 서글픈 얼굴로 말했다.

"간식이 나올 때 혼자 화장실에 갈 수 있는 사람들한테는 빵도 주고 주스도 주는데, 나한테는 아무것도 안 줘요."

소연은 잠시 말을 잇지 못했다. 또 다른 남성에게 직원들이 어떻게 부르냐고 물었을 때였다. '반말' 정도를 예상했으나 돌아온 답은 이것이었다.

"모르겠어요. 20년 동안 한 번도 이름을 불려본 적이 없어요."

현재의 소연이 17년 전 기억이 생생하게 떠올라 눈시울이 붉어진 채 내 이름을 불렀다.

"은전아, 그런 삶이 상상이 가니?"

그해 겨울 소연에게 전화가 한 통 걸려 왔다. 전남 영광의 시설에서 만났던 꽃님이었다. 그는 다짜고짜 말했다.

"나, 나갈랜다. 네가 도와줘야겠다."

꽃님은 누워서 생활하는 중증 장애인이었고 바깥엔 그가 살아갈 수 있는 아무런 사회적 환경도 마련되지 않았다. 소연이 당황해서 말을 더듬었다.

"뭐, 뭐, 뭘 도와요?"

꽃님이 주저 없이 말했다.

"일단 집이 있어야지. 나 밥 먹고 화장실 가려면 네가 도와줘야지. 그리고 나 먹고살려면 네가 돈도 줘야지."

소연은 꽁꽁 얼어붙은 채로 솔직하게 말했다.

"언니, 집, 없어요. 나오셔도 누가 도와줄 수도 없어요. 기초생활수급자가 되면 돈이 나오는데요, 그것도 확실하게 말씀드릴 수 없어요. 그런데도 언니가 나오시겠다면요……."

소연은 침을 꿀꺽 삼킨 뒤 말했다.

"최선을 다해 알아볼게요."

꽃님이 생각해보겠다며 전화를 끊었다.

한 달 후 다시 전화가 걸려 왔다.

"그래도 나 나갈랜다."

길을 걷던 소연은 그 자리에 멈춰 한참 동안 움직이지 않았다. 올 것이 왔다고 생각했다. 시설에 있는 장애인들에게 "당신은 원해서 이곳에 들어왔습니까?" "외출하고 싶을 때 외출할 수 있습니까?"라고 한국 사회 누구도 묻지 않았던 걸 감히 물었을 때 이미 예견된 일이라고. 꽃님은 자신의 삶을 걸고 화답해온 것이다. 무언가 거대한 것이 자신을 향해 다가오고 있음을 소연은 느꼈다. 현재의 소연이 희미하게 웃었다.

"그게 참…… 운명이었던 것 같아. 어떻게 그렇게 무모할 수 있었을까?"

6개월 뒤 꽃님은 서울에 도착했다. 활동 지원 서비스가 없던 시절이었다. 소연은 꽃님의 활동 지원을 할 사람을 구하느라 사돈의 팔촌까지 전화를 돌렸다. 그럼에도 공백은 생겼고 그 공백은 꽃님에게 커다란 공포였다. 혼자 있다 불이라도 나면 바로 죽을 것이다. 소연은 "언니, 24시간 다 채워주지 못해 미안해" 하면서 울었다. 꽃님은 "그럼 네가 오늘 자고 가면 안 돼?" 하면서 울었고, 소연은 "언니, 나도 집에 가야지, 만날 같이 잘 순 없잖아" 하면서 울었다. 꽃님이 신경질을 버럭 내며 "네가 나오라고 했잖아!" 하면서 울면 서운해진 소연도 "우리가 다 해줄 수 없다고 했는데 언니가 나왔잖아" 하면서 울었다.

두 사람이 혼신의 힘을 다해 부둥켜안고 우는 밤을 생각하면 가슴이 아프면서도 뜨거워진다. 모든 탈시설엔 눈물이 녹아 있다. 탈시설운동은 지역사회에 존재할 권리조차 빼앗긴 이들의 존재 투쟁이고, 그 투쟁이 한국 사회의 가장 밑바닥을 천천히 들어 올렸다. 장애인은 무능하며 그런 이들의 탈시설을 '범죄'라고 모욕하는 이들에 맞선 그 모든 탈시설은 그래서 혁명이고, 탈시설한 장애인 한 명 한 명이 모두 혁명가다. 그 어렵고 대단한 일을 해낸 이들을 어떻게 사랑하고 존경하지 않을 수 있느냐는 소연을 나 역시 사랑하고 존경하지 않을 도리가 없다. (2022. 11. 6)

영원한 트레블린카

비질이라는 프로그램이 있다. 도살장 앞에 가서 그곳으로 끌려가는 소, 돼지들을 마주하는 일이다. 딱 두 번 참여했을 뿐이지만 상상 속에서 수시로 그날로 붙들려 간다. 그때마다 나는 어떤 질문에 사로잡혔다.

'저렇게 큰 동물을 대체 어떻게 죽일까?'

작은 고양이와 함께 살게 된 후 그도 역시 자신을 억압하는 존재에게 죽을힘을 다해 저항한다는 사실을 알았다. 그러므로 고양이가 원치 않는 일, 이를테면 약을 먹이는 일 따위를 하려 해도 협상이든 기만이든 순전한 완력이든 노력과 기술이 필요했다. 저 돼지들도 마찬가지일 텐데, 대체 저 공장 안은 어떻게 설계되었기에 저토록 빠르게 도살이 이루어지는 걸까? 바라만 보기에도 충분치 않은 시간 동안 공장 안에서 누군가는 그 속도로 동물들을 무려 살해하는 것이다.

동물들이 이 세계에서 어떻게 죽임을 당하는지 알아갈 때마다 나는 중얼거렸다.

"이건 전쟁이잖아?"

이상한 일이었다. 나는 전쟁에 대해 특별히 알지 못했

기 때문이다. 홀로코스트를 다룬 영화를 보면서는 이렇게 읊조렸다.

"저건 동물들의 이야기잖아?"

이유 없이 조롱당하고 무력하게 총을 맞고 피 흘리며 죽는 인간들에게서 동물이 겹쳐질 때 나는 이전보다 훨씬 생생하게 전쟁의 무시무시함을 느꼈다. 역시 이상한 일이었다. 이 연상을 이해하고 싶어서《동물 홀로코스트》를 읽었다. 이렇게 시작하는 책이다.

"동물과의 관계에서 모든 사람들은 나치이다. 그 관계는 동물들에게는 영원한 트레블린카(유대인 처형 수용소)이다."

나는 단 하나의 문장도 놓치지 않으려고 애쓰며 책을 읽었다.

1865년 미국 시카고에 2,300여 개의 축사가 연결된 유니언 스톡 야드가 개장했다. 공장식 축산의 시대가 열린 것이다. 정육업자들은 증가하는 육식 수요를 충족하고자 컨베이어벨트를 도입했다. 이 새로운 시스템이 동물을 죽이고 해체하는 속도는 놀라웠다. 기념비적 규모의 죽음이 시작되었다. 노동자들의 머리 위로 체인이 쩔꺽거리는 소리와 함께 머리 잘리고 내장 발린 동물들이 끝없이 행렬을 지어 움직였다. 이 효율적 도살에 영감을 받은 사람이 있었다. '자동차 왕' 헨리 포드였다. 젊은 시절 시카고 도살장을 방문했을 때 이 시스템에 영감을 받아 일관식 조립 라인을 개발한 그는 대량생산의 시대를 열었다.

헨리 포드는 유럽의 '도살자'들에게 특별한 기여를 했다. 나치가 유대인을 죽이는 데 사용한 일관식 조립 라인을 개발했고, 홀로코스트를 불러일으킨 잔악한 반유대주의운동도 했다. 독일에 영향을 미친 미국의 이 두 가지 현상은 국민의 질을 개량시키려는 폭넓은 문화적 현상의 일부였다. 그것은 바로 우생학. 우생학은 우수한 유전자를 보존하고 열등한 유전자를 제거해야 한다는 사상으로, 최우량종만 번식시키고 나머지는 거세하고 죽이는 동물 육종에서 영감을 받은 것이었다. 우생학의 광풍으로 1930년 미국 주들의 절반 이상이 '저능아, 뇌전증 환자, 정신박약자'에 대해 강제 불임 수술을 하는 단종법을 통과시켰다.

　미국의 우생학에 깊은 인상을 받은 독일의 나치는 1939년 치명적 단계로 들어섰다. '정신적·육체적으로 지체되고 병약하여 아리안 민족의 우월성을 더럽히는' 독일인들을 조직적으로 살해하는 T-4계획을 단행한 것이다. 그들은 사람들을 효과적으로 빠르게 죽이는 방법을 토론한 결과 가스실을 고안했다. 1940년 여섯 개의 가스실을 개장했고 1942년까지 27만 명이 살해됐다. T-4는 유대인 집단학살의 서장이었다. 미국과 독일은 금세기 대학살에 독특한 기여를 했다. 미국은 도살장을, 나치 독일은 가스실을 제공한 것이다. 수많은 동물이 네 발로 끌려간 길로 두 발의 인간들도 끌려갔다. 아우슈비츠는 실로 거대한 도살장이었다. 다만 돼지를 죽이는 대신 돼지라고 규정된 사람들을 죽였다.

　나치가 유대인에게 했던 일들은 중단되었다. 하지만 똑같은 일이 더 빠른 속도로 동물에게 계속 자행되고 있다. 우리 모두가 의존하는 현대 기술, 그러니까 축산업이다. 세계대전의 비인간성을 상징하는 대학살이 오늘

날 우리 일상을 지탱하는 기본 질서라는 사실을 자각하면, 인류 역사 최악의 범죄인 홀로코스트가 우리의 식탁 아래 거꾸로 매달려 작동되고 있다는 기이한 감각에 휩싸인다. 책을 읽으면서 사실 내가 정말로 궁금했던 건 도살장 내부가 아니라 40여 년 동안 이 엄청난 학살을 전혀 문제라고 생각하지 않았던 내 머릿속이었다는 걸 깨달았다. 역사는 진보한다고 믿었다. 그 역사에 동물이 포함되지 않았을 때의 이야기다. 나는 이제 더 이상 그렇게 생각하지 않게 됐다. (2022. 12. 4)

4

21세기 가장 극렬한 존재 투쟁

어린 시절 엄마 손을 잡고 시장에 가면 무릎 높이의 좌판을 밀면서 수세미와 나프탈렌 같은 것을 팔던 사람들이 있었다. 바퀴가 달린 넓은 판자를 배 아래에 깔고 사람들의 발밑을 천천히 기어다녔던 그들을 어른들은 '불구자'라고 불렀다. 장을 보다 그런 이들을 만나면 엄마는 수건돌리기 게임의 술래처럼 조금 딴청을 피우는 듯한 얼굴로 슬며시 그 옆으로 다가가 돈 통에 1,000원짜리 지폐를 넣고는 빠르게 지나갔다. 물건은 사지 않았다. 그들도 분명 뭔가를 팔고 있었으나 사람들은 그걸 '구걸'이라고 불렀다.

2022년은 놀라운 해였다. 내가 사랑하고 존경하는 인권운동가들이 우리 모두의 기억 속에 각인된 그 '비천한 자'들의 모습으로 연일 뉴스를 장식한 것이다. 세상은 그들을 '전장연'(전국장애인차별철폐연대)이라고 불렀다.

2021년 12월 이동권, 교육권, 탈시설 등 장애인의 권리를 요구하며 시작된 전장연의 출근길 지하철 시위는 꽃 피는 3월 새로운 국면으로 접어들었다. 이준석 국민의힘 대표가 '선량한 시민을 볼모로 잡는 비문명적 시위'

라며 공격을 개시하자, 대포 같은 카메라들이 박경석 전장연 대표를 향한 것이다. 대중의 비난과 혐오가 들끓어오르자 지지와 연대의 열기도 함께 끌어올려졌고 급기야 이준석과 박경석의 일대일 TV토론까지 이어졌다.

온 세상이 '전장연, 전장연' 하면서 문명이란 무엇인가를 논하고 장애인의 권리와 지하철 시위의 옳고 그름을 논쟁하는 아름답고 토할 것 같은 4월이 계속되었다. 그리고 4월 20일 온 국민의 시선이 아침 8시 지하철에 집중되었을 때, 박경석을 필두로 전장연의 장애인 활동가들은 멀쩡한 휠체어에서 내려와 바닥을 기어가기 시작했다. '우리가 얼마나 강한지'가 아니라 '우리가 얼마나 약한지'를 보여주는 난감하고 충격적인 시위였다.

장애인들이 승강장과 열차 사이의 커다란 틈을 가까스로 통과하는 동안 열차의 통제실에서는 수십 년째 이 열차가 장애인을 태우지 않았음을 알리는 대신 장애인들 때문에 열차가 운행되지 못하고 있음을 알렸다. 이곳은 비장애인 중심 세상의 핵심 시간이자 핵심 공간. 모두가 이 초대받지 못한 자들을 내려다본다. 열차 문이

닫히면 이 시공간에서 완벽하게 사라졌던 존재들이 망령처럼 행진을 시작한다. 오직 어깨와 팔의 힘만으로 마비된 하반신을 힘껏 끌어당기면서 성난 시민들의 발아래를 기어간다. 고개를 치켜드는 것조차 버거운 몸이지만 동냥 그릇 같은 은색 깡통을 목에 건 채 요란하게 끌고 간다. 그 소리는 국가가 기본적 권리를 보장하지 않은 탓에 타인의 동정에 기대어야만 생존할 수 있었던 모든 '비천한 자'들을 불러온다. 망령들이 외친다.

"모든 국민은 법 앞에 평등하며 누구든지 차별받지 아니한다!"

비대칭의 몸 위로 모욕과 혐오가 빗발친다.

"병신이 벼슬이야?"

"이러니까 동정을 못 받지!"

문명인들이 이토록 거칠어진 이유는 지각을 하면 큰일 나기 때문이다.

"우리가 낸 세금으로 먹고사는 주제에 이렇게 남한테 피해를 주면 안 되죠!"

20분을 늦은 여자가 20년을 갇혀 산 여자에게 자신이 입은 피해를 보상하라고 핏대 세우는 모습을 차마 볼 수 없는 또 다른 여자가 고개를 숙인 채 눈물 흘린다. 다른 쪽에선 경찰과 실랑이하다 넘어진 장애인을 어떤 남자가 쇼하지 말고 빨리 일어나라며 가차 없이 끌어당긴다. 그리고 어른들의 아수라장 속에서 한 소년이 휴대전화를 꺼내 높이 치켜든다. 화면엔 "장애인의 시위를 지지합니다"라고 적혀 있다. 전장연은 지하철이라는 일상의 공간을 단번에 한국 사회의 가장 논쟁적인 무대로 만들었고 놀랍게도 시위는 1년 동안 지속되었다.

출근길 지하철이란 노동력을 이동시키는 자본주의 사회의 가장 중요한 컨베이어벨트다. 컨베이어벨트 위의 인간은 걸림돌을 치우기 위해 무슨 짓이든 한다. 그 레일에서 가장 먼저 치워진 자들의 이름이 바로 장애인이다. 지하철 시위 때문에 갈등이 심해진 게 아니다. 지하철 시위가 이전엔 보이지 않았던 억압을 생생하게 보이도록 만든 것이다. 그 억압은 부모가 평생 자신이 보살핀 자식을 죽이고 자신도 죽을 만큼 엄청난 힘이다.

지하철 시위는 21세기 가장 극렬한 존재 투쟁이자 우

리 사회 가장 밑바닥 존재들의 존엄한 행진이다. 하지만 이들을 비웃듯 전장연이 증액을 요구했던 2023년 장애인 권리 예산 1조 3,000억 원 중 단 0.8퍼센트만이 국회를 통과했다. 1월 2일 전장연은 다시 지하철을 타고, 서울시는 강경대응을 예고했다. 비난과 탄압을 견디고 감당하면서 저항을 포기하지 않은 전장연 활동가들에게 존경과 고마움을 보낸다. (2023. 1. 1)

필요한 모든 이들에게 헴리브라를

임신했을 때 은별은 아이에게 혈우병이 유전될 수 있다는 사실을 알았다. 은별의 엄마 형숙이 아이를 지울 거냐고 묻자 은별은 고민이 된다고 대답했다. 형숙은 질병을 이유로 아이를 지우는 것은 우리가 해온 운동의 가치에 맞지 않는다고 말했다. 순간 은별은 망치로 머리를 얻어맞은 기분이었다. 은별과 형숙은 장애인운동 활동가이다. 장애가 있어도 질병이 있어도 차별받지 않고 살아갈 수 있는 사회를 만드는 게 모녀의 직업이었다. 부끄럽고 창피한 마음을 뒤로하고 은별은 출산을 결심했다.

유전 가능성은 50:50. 양수검사를 하면 미리 알 수 있다고 했지만 커다란 바늘을 배에 찔러 넣어 양수를 채취한다는 말을 듣고 은별은 검사를 하지 않겠다고 했다. 아이를 보호하고 있는 양막에 바늘구멍만 한 상처도 내고 싶지 않았다. 은별은 태어날 아기를 위해 기도했다. 차마 '혈우병은 안 걸리게 해주세요'라고 빌지는 못하고 혈우병이 있어도 아이가 인간답게 살아갈 수 있게 해달라고 기도했다. 2022년 2월 13일 조운은 그렇게 세상에 태어났다.

아이는 혈우병이었다. 혈우병은 지혈을 돕는 특정 응고인자가 부족해 출혈 시 피가 멎지 않는 희귀질환이다. 은별은 축복 같은 아이를 안고 매일매일이 설레면서도 밤이 되면 다가올 미래가 걱정되어 눈물이 났다. 조그마한 상처라도 생길까 바닥에 내려놓지도 않으며 조심했는데도 아이가 배밀이를 하며 기어다니기 시작하자 온몸에 멍이 드는 걸 막을 수 없었다.

예방 치료를 시작했다. 일주일에 2회 응고인자를 정맥으로 주사해 응고인자의 수치를 일정 수준 이상으로 유지하는 방법으로, 주사를 맞으면 혹시나 다쳐도 안심할 수 있었다. 치료는 고통스러웠다. 아기의 혈관은 잘 보이지 않기 때문에 간호사는 아이의 손등, 발등, 목을 돌아가면서 주삿바늘을 찌르고 또 찔렀다. 주사를 맞고 돌아온 날이면 아이는 자다가도 깨서 엉엉 울었다.

주사 맞은 위치를 기록하기 위해 은별은 일기를 썼다.

"아이는 간호사를 보자마자 이미 겁을 먹고 울기 시작했다. 간호사가 혈관을 잡으려 손등을 이리저리 쑤셔보다가 결국 혈관이 터져버렸다. 네 명이 붙어서 팔다리를 잡아 고정했다. 아이가 자지러지게 울었다. 그 모습을 도저히 쳐다볼 수 없어 짝꿍에게 넘기고 도망쳤다. (…) 시작한 지 20분 만에 겨우 손등 혈관을 잡았다. 아이는 울다가 지쳐 더 이상 울지도 못하고 기대어 있다. 지쳐 있는 아이에게 핑크퐁 영상을 보여주며 달래고 있는데 간호사 다리에 걸려 주삿바늘이 들려버렸다. 아이가 다시 발작하듯 울기 시작했다. 언제까지 이런 고통 속에 살아야 할까. 자신이 없다."

　한 줄기 빛 같은 소식이 들려왔다. 신약이 있다는 것이었다. 한 달에 한 번 독감 예방 접종처럼 간편하게 맞을 수 있는 약의 이름은 헴리브라. 초국적 제약회사 '주가이제약'이 만들었고 국내에서 'JW중외제약'이 유통하는 약이었다. 2020년 전체 환자의 10퍼센트인 '항체 환자'에게만 건강보험이 적용되었고 90퍼센트의 '비항체 환자'들은 제외되었다. 조운이는 비항체 환자였다. 비급여로 치료를 받으려면 첫 달에 2,000만 원, 매월 500만 원이 든다고 했다. 은별이는 감히 엄두도 못 낼 돈이었다.

다행히 2022년 건강보험심사평가원은 헴리브라 급여를 확대하겠다고 했다. 하지만 정부가 너무 비싸다며 약값을 깎으려 했고 제약회사가 받아들이지 않으면서 급여화는 무산되었다. 새로운 고통이 시작되었다. 약이 있는데도 쓸 수 없는 고통이었다. 한 푼이라도 더 벌려는 기업과 한 푼이라도 더 아끼려는 정부가 환자들의 생명을 갖고 핑퐁게임을 하는 사이 희귀질환 환자들의 고통이 길어지고 있다.

은별은 1분 1초가 아까워 피가 마른다. 지난주엔 서지 못했던 아이가 이번 주엔 서고, 어제는 걷지 못했던 아이가 오늘은 걸음을 뗀다. 아이는 더 많은 것을 만지고 탐색하며 세상으로 나아갈 것이다. 더 많이 부딪히고 상처 입으며 세상을 배워나갈 것이다. 넘어지면 안 된다고, 다치면 안 된다고 아이를 가둘 수 없다. 아이를 지키기 위해 엄마가 24시간 따라다닐 수도 없으며 그래서도 안 된다. 은별은 전국장애인차별철폐연대와 함께 헴리브라의 전면 급여화를 촉구하는 싸움을 시작했다. 할머니의 올곧음과 엄마의 씩씩함을 물려받은 조운이의 첫

돌을 축하하며, 가난하지만 강력한 투쟁 공동체를 구축한 이모 삼촌들이 수많은 '조운이들'의 치료받을 권리를 외치기 시작했다. 초국적 제약 자본과 의료 권력에 대한 저항이라는 새로운 세계가 열렸다. 조운이와 함께 이 세계는 확장될 것이다. (2023. 2. 5)

어떤 생애의 탄생

이규식이 자서전을 썼다. 중증 뇌병변 장애인인 규식은 서울장애인차별철폐연대의 대표이자 가장 전투적으로 싸우는 활동가다. 규식은 언어 장애가 있고 손을 거의 움직일 수 없어서 컴퓨터 자판을 두드려가며 글을 쓸 수 없다. 무엇보다 그는 30년 동안 집과 시설에 갇혀 교육은커녕 가족 외의 사람을 만날 기회조차 갖지 못했다. 언어로 자기 생각을 표현하는 경험 자체가 거의 없었다는 뜻이다. 그런 그가 쉰네 살의 나이에 자서전《이규식의 세상 속으로》(후마니타스)를 썼다.

오래전 우연히 노들장애인야학 교사가 되었을 때, 이 세계는 이상하고 신기한 것투성이였다. 마치 중력이 다른 행성 같았던 그 세계에선 매월 꼬박꼬박 소식지를 냈다. 내가 처음 이 낯선 행성에 도착했던 2001년 8월의 소식지 표지 모델이 바로 규식이었다. 야학 인권 수업에서 '장애인 자립생활운동'이란 걸 알게 되고, 선진국의 장애인들은 비장애인처럼 학교도 다니고 외출도 한다는 사실에 천지개벽하는 충격을 받은 규식이 '나도 자립생활을 할 수 있다!' 선언하며 야산의 버려진 판잣집을 개조해 혼자 살기에 도전한다는 소식이었다. 야학 교사들은 "규식은 정말 대단한 사람!"이라면서 그를 치켜세웠지만 그의 대단함을 알아볼 지식도 경험도 없었던 나로선 그저 '저 사람은 가족과 관계가 나쁜가?' 하고 생각할 뿐이었다.

22년이 흐른 지금 그때의 소식지를 펼쳐 2023년의 내가 2001년의 규식을 물끄러미 본다. 폐건축자재들이 혼란스럽게 쌓여 있는 폐허 속에 판잣집이 한 채 있고, 그 앞에 스쿠터를 탄 규식이 있다. 자립생활의 꿈에 부푼 규식은 이렇게 썼다.

"혼자서 할 수 있는 건 스스로 하고, 혼자서 할 수 없는 건 지원받을 수 있도록 내 권리를 주장하겠다."

2023년의 나는 새삼스럽게 충격을 받는다.

'대체 어떻게 이토록 무모할 수 있지?'

사진 속 세계엔 규식을 보호해줄 아무런 법과 제도가 없다. 그는 지하철 리프트를 타다 추락해 죽을 뻔했고, 늦은 밤 똥이 급할 때마다 지하철 역무원에게 달려가 도움을 청해야 했다. 역무원들은 마지못해 도와주면서도 왜 여기 와서 똥을 누느냐고 화를 냈다. 온갖 위험과 모욕에도 규식은 집과 시설에만 머물도록 강요되는 삶을 거부하고 자립생활을 감행했다. 생을 건 도전이었다. 나는 이제야 내가 콜럼버스보다 더 용감한 탐험가들과 이번 생을 함께 살아가고 있음을 깨닫는다.

규식은 15년 전부터 자기 이야기를 잘 들어주는 사람을 만날 때마다 용기를 내 부탁했다.

"자서전을 쓰고 싶은데, 도와줄 수 있어?"

규식이 말을 뱉기 위해선 온몸의 힘을 짜내야 했기 때문에 그의 말을 온전히 듣기 위해선 긴 시간과 각별한 노력이 필요했다. 어떤 사람은 한 번, 어떤 사람은 스무 번 넘게 만나 그의 이야기를 기록해주었다. 규식의 제안이 부담스러워서 슬금슬금 피하는 사람도 늘어났지만 규식은 요청하는 것을 멈추지 않았다. 들어주는 사람을 만날 때마다 규식의 생애는 조금씩 채워지고 선명해졌다.

작년에 나는 장애인운동 활동가 여섯 명을 인터뷰해 그들의 생애를 기록했는데, 규식도 그중 한 명이었다. 나의 중요한 임무는 싸우는 사람들의 이야기를 들은 뒤 그들의 이야기가 얼마나 소중한지 북돋우는 것인데 규식에겐 그럴 필요가 전혀 없었다. 그는 이미 충분히 알고 있는 사람이니까. 대신 나는 규식을 좀 놀려먹고 싶어서 이렇게 물었다.

"자기 인생이 기록될 만한 가치가 있다는 높은 자신감은 어떻게 생기는 거예요?"

뜻밖에 규식의 대답은 '자기 인생이 얼마나 특별했는지'가 아니라 '자기 이야기를 들어주는 이들이 얼마나 소중했는지'에 관한 것이었다.

언어 장애가 있다는 건 단지 남들보다 느리게 말하는 것이 아니었다. 규식이 입을 열면 노인들은 혀를 끌끌 찼고 식당 주인들은 밥을 주지 않고 쫓아냈다. 20여 년 동안 온갖 투쟁을 이끌어온 대표적 활동가였음에도 그에게 마이크를 잡을 기회는 좀처럼 오지 않았다. 규식은 생애 내내 이야기를 억압당한 사람이었고 그래서 그것이 얼마나 소중한 권리인지 뼈저리게 알았다. 이야기한다는 것은 타인과 관계 맺는 일이고 우정을 나누는 일이며 그들로부터 날마다 배우고 성장하는 일이라고, 규식이 말했다.

　작년에 규식의 동료들이 그의 자서전을 함께 쓰기 위해 팀을 꾸렸다. 그들은 규식과 끝없이 이야기하면서 마침내 규식의 생애를 완성했다. 이 책은 한국 사회에서 한 번도 등장한 적 없는 중증 뇌병변 장애인의 생애사이면서 동시에 '이야기할 권리'의 탄생을 알리는 아름다운 이야기책이다. (2023. 3. 5)

서지 않는 열차를 멈춰 세우며

2020년 어느 날 혜민이 나에게 장애인운동가 생애 기록을 제안했다. 혜민은 진보적 장애인운동을 기록하는 인터넷 언론사 《비마이너》의 편집장이다. 우리는 전국장애인차별철폐연대(전장연)의 활동가들을 인터뷰해 기록하기로 하고, 이 작업의 예산을 공모 사업에 신청했다. 안타깝게도 결과는 탈락이었다. 나는 "나중에 다시 신청해서 선정되면 하자"라고 했다. 당연히 혜민도 그러자고 할 줄 알았는데 그는 진지하게 당장 시작했으면 좋겠다고 했다. 모금을 해서 돈은 어떻게든 만들어보겠다는 것이다. 나는 영 내키지 않았다. 모금이 잘 안 되면 가난한 언론사에 부담이 될 테니 글 쓰는 내내 불안할 것 같았다. 어떻게든 안 하고 싶어서 그렇게 급하게 해야 하는 이유가 뭐냐고 물었다. 혜민이 낮은 목소리로 대답했다.

"그사이에 누가 죽을까 봐 무서워요."

나는 순간 할 말을 잃었다. 그가 말했다.

"재작년에 ○○ 님이 갑자기 쓰러지셨을 때 정신이 아득해졌어요. 지금 돌아가시면 안 되는데…… 그분에 대한 기록이 하나도 없는데…… 그 생각부터 들더라고요. 20년간 이 운동을 이끈 사람들이 갑자기 사라지면 이 운동의 한 축이 증발해버리는 느낌이에요. 기록되지 않은 건 존재하지 않은 게 되니까. 수많은 변화를 만들어온 사람들인데, 인터뷰 기록 하나 없다는 건 너무 억울하잖아요."

나보다 10년쯤 후배여서 신입 시절 어리바리했던 혜민을 기억하는 나는 어쩐지 눈물이 날 것 같아서 그의 눈을 피한 채 생각했다.

'얘가 언제 이렇게 멋있어졌지…….'

아주 가끔 전생에 나라를 구한 게 틀림없다고 생각하는데, 그때가 바로 그런 순간이었다. 나는 혜민의 손을 덥석 잡았다.

"그래, 해보자!"

평범한 비장애인으로 살다 장애인운동을 만나 인생이 바뀐 우리에겐 강력한 공통 감각이 있다. 혜민의 표현을 빌리자면 이런 것이다.

"내겐 소중한 사람이 언론에서 그저 '불쌍한 장애인'

으로 취급되는 건 무척 모욕적이었다. 세상의 말과 글에 반격하고 싶었다. 장애인운동은 싸우는 만큼 세상이 나아지고 가장 약한 곳에서 세계가 확장된다는 믿음을 안겨줬다. 경이로웠고 황홀했다. 차별받은 존재가 저항하는 존재로 변신하는 일을 이 사회의 기억으로 남기고 싶었다."

그리하여 나는 2020년부터 여섯 명의 생애를 기록했고 이듬해 길고 긴 이야기를 연재했다. 연재가 끝날 무렵 전장연은 출근길 지하철 시위를 시작했다. 그러니 이 이야기는 전장연이 왜 매일 아침 8시 지하철에 오르게 됐는지를 알리는 장대한 서사가 되었다.

2001년 서울 광화문에는 이전에는 한 번도 등장한 적 없던 어떤 인간들이 나타나기 시작했다. 쇠사슬로 몸을 묶고 서로를 연결한 채 8-1번 버스를 점거한 그들은 이렇게 외쳤다.

"장애인도 인간이다. 이동권을 보장하라!"

내가 충격을 받은 건 장애인의 열악한 현실 그 자체가 아니라, 그것을 '문제'라고 말하는 사람들 때문이었다. '장애인도 버스를 타자'라는 언뜻 소박해 보이는 구호는 실은 장애인을 배제한 이 문명 전체를 문제 삼겠다는 뜻이다. 하지만 '고작 버스'조차 탈 수 없는 불구의 몸으로 거대한 세상에 맞선다는 건 얼마나 답이 없는 일인가. 그러니 사람들은 문제를 보고도 문제를 덮거나 문제를 일으키지 않으며 아무 문제 없는 것처럼 살아가는 것이다. 2001년 내가 만난 사람들은 놀랍게도 그 모든 것을 문제 삼고 실패할 것이 분명한 싸움을 시작한 사람들이었다.

나는 저항하는 장애인들에게 둘러싸여 모든 것을 처음부터 다시 배웠다. 우리는 서지 않는 열차를 멈춰 세웠다. 당장 가야 할 길이 막힌 사람들이 길길이 날뛰며 우리가 법을 어겼다고 비난했다. 참 이상한 말이었다. 장애인은 어길 법조차 없는 존재들이었기 때문이다. 한 발짝만 내디디면 벼랑 끝인 이들에게 이 사회는 신호를 지키라고 했다. 그러나 선을 넘지 않고서는 절대 말할 수 없는 것들이 있다. 우리는 열차를 막았고, 동시에 어떤 죽음을 막았다. 우리는 누군가의 이동을 방해했고,

동시에 차별과 배제를 방해했다. 우리는 선량한 시민들의 발목을 잡았고, 아프고 늙고 가난한 사람들을 버리고 폭주하는 야만적인 사회의 발목을 잡았다.

수억의 벌금을 내고 누군가는 구속되었지만 그렇게 우리는 누구도 배제하지 않는 새로운 사회의 법과 제도를 만들어왔다. 그 기록을 묶어 책《전사들의 노래—서지 않는 열차를 멈춰 세우며》(오월의봄)를 냈다. 전장연의 일원으로 살았다는 게 인생의 자부심인 내가 우리의 역사를 기록할 수 있어 큰 영광이었다. 많은 사람이 읽어주길 바란다. 기록되었으므로 잊히지 않을 것이다. (2023. 4. 2)

건네지 못한 장미

2022년 5월 윤석열 정부가 출범하던 날, 나는 전국장애인차별철폐연대가 주최하는 출근길 지하철 시위에 나갔다. 광화문역에서 지하철을 타 여의도역까지 오체투지로 이동하는 것이었다. 이전에도 몇 차례 나간 적이 있지만 그때마다 나는 최대한 시위대가 아닌 척 있었다. 웬만하면 활동가들이 나눠주는 피켓을 받지 않으려 했고, 피켓을 받더라도 적극적으로 치켜들지 않았다. 비장애인인 나는 피켓만 들지 않으면 '선량한 시민'이 되었고, 피켓을 드는 순간 '선량한 시민의 발목을 잡는 불량한 시민'이 되었다. 그건 곧 누구든지 함부로 공격해도 되는 대상이 된다는 뜻이었다.

아침 8시 광화문역 플랫폼에 도착하니 활동가가 시위 참여자들에게 장미꽃을 한 송이씩 나눠주고 있었다. '오늘 콘셉트는 화해와 평화인가?' 생각하며 나는 무방비하게 꽃을 받았다. 빨간 꽃을 감싼 투명 비닐 포장지 안에는 황토색의 종이에 이런 문장이 적혀 있었다.

'장애인도 이동하고 교육받고 지역사회에서 함께 살고 싶습니다.'

활동가가 씩씩하게 말했다.

"지하철 타시면 이 꽃을 승객들에게 전해주세요."

그것은 피켓을 드는 것과는 비교할 수 없이 무시무시한 임무였다. 출근길이 지체되어 성난 사람들에게 꽃을 건네야 하다니, 쫄보인 나는 그만 얼어붙고 말았다. 곧 열차가 도착했다. 휠체어에서 내려온 장애인들이 전동차 안으로 꿈틀꿈틀 기어서 타는 걸 내려다보다가, 그들의 가슴과 배가 쓸고 지나간 자리를 밟지 않으려고 훌쩍 뛰어서 열차에 올라탔다. 1분 1초가 급한 사람들의 구둣발 옆에서 전장연 박경석 대표가 엎드린 채 대한민국 헌법 제11조를 반복해 외쳤다.

"모든 국민은 법 앞에 평등하며 누구든지 차별받지 아니한다."

그 와중에 나는 승객들의 표정을 살피느라 여념이 없었다. 누가 이 꽃을 순순히 받아줄 것인가. 나를 경멸하듯 쳐다보지 않을까. 꽃을 바닥에 던져버리면 어쩌지. 그런 순간엔 지하철 좌석에 앉아 있는 사람들이 그 어떤 권력자보다 두려워진다. 그 자리는 방금 전까지 내가 앉아 있던 자리였는데, 이젠 그 자리가 완전히 다르게 보이는 것이다. 장애인들을 향해, 선량한 시민들의 발목을 잡는다며 온갖 욕을 퍼부어대지만, 사실 언제나 지하철을 점거하고 있는 이들은 모두 비장애인, 그러니까 '선량한 시민들'이다. 그들은 세금으로 운영하는 대중교통을 모조리 독점하면서도 미안한 줄을 모르고, 그 최소한의 권리마저 빼앗긴 사람들에게 고마운 줄도 모르고 과도한 것을 요구한다며 호통치고 비난한다. 그 엄청난 권력이 두려워 그들의 얼굴을 똑바로 쳐다보지도 못했다.

여의도에 도착했을 때 내 손엔 아직도 장미가 들려 있었고 어쩐지 조금 쪼글쪼글해지고 시들시들해진 기분이었다. 문이 열리자 한 팔 한 팔 기어서 내리는 사람들을 내려다보며 아직 내 손에 들려 있는 장미가 부끄러워서 목이 메었다. 누군가는 땅바닥을 기며 구호를 외치는데 나는 꽃 한 송이 전할 용기도 없다는 생각에 오체투지하는 장애인들이 그렇게 커 보일 수가 없었다. 집으로 돌아오는 길, 나의 용기 없음의 증표 같은 그 장미꽃을 쓰레기통에 버리고 싶은 마음이 불쑥불쑥 들었지만 왜

인지 그럴 수도 없어서 끝내 집까지 고이 가져와 꽃병에 담았다.

2023년 어느 날 나는 팟캐스트에 출연해 이 이야기를 했다. 어느 글에서 내가 썼던 문장 '나는 장애인 차별의 잠재적 가해자가 아니라 확실한 가해자이며 이 시스템의 분명한 수혜자이다'를 쓸 때의 마음을 묻는 질문에 대한 답이었다. 내 얘기가 끝나자 진행자였던 소설가 황정은은 이렇게 말했다.

"사람들의 이야기를 듣고 기록하는 전달자로서 홍은전 작가님이 하는 일에 대한 어떤 은유처럼 느껴집니다. 건네받은 꽃을 다른 사람에게 전달하는 매개가 되신 거잖아요."

그 순간 빨려 들어가듯 그의 말을 들었다. 그는 이어서 이렇게 물었다.

"근데 그 길에서는 그걸 실패라고 할 수 있을까요, 아니면 과정이라고 할 수도 있을까요?"

그의 해석도, 질문도 놀라웠다. 나도 미처 인식하지 못했지만 그것이 내가 글을 쓰는 이유처럼 느껴졌기 때문이다. 나는 조금 감격해서 이렇게 대답했다.

　"그날은 실패했고 오늘은 성공했죠. 제가 그걸로 이야기를 만들어 왔으니까."

　그날 건네지 못한 장미를 오늘 전합니다. 나의 장미를 건넬 수 있어 기쁩니다. 받아주셔서 감사합니다.

　(《대산문화》 2023년 가을호)

5

P정신요양원*

P역까지는 서울에서 급행열차로 20분밖에 걸리지 않았다. P역 앞 버스정류장에서 K가 차를 대놓고 나를 기다리고 있었다. 비가 추적추적 내리는 오후였다. 동료인 K가 이번 장애인시설 방문에 함께 가자고 전화를 해 온 건 일주일 전이었다.

"지난주에 ○○정신요양원에 갔다 왔는데, 너무 충격적이었어."

어땠길래? 하고 내가 묻자 K가 대답했다.

"사람들이 다, 자고 있어."

"대낮에?"

"응. 약에 취해서."

몰랐던 것도 아니면서 새삼스럽게,라고 나는 생각했다. K는 정신장애인 거주시설의 인권 실태를 조사하는 사업의 책임자였고, 나는 그날 하루만 조사원으로 참여하는 것이었다. K는 요양원 원장과 어렵사리 면담 약속이 잡혔다며 자신이 원장과 면담하는 동안 나는 그곳에

*《문학 3》(2017년 3호)에 실린 글을 재수록하였습니다.

사는 장애인을 만나 몇 가지 질문을 해주면 된다고 말했다. 차에 올라타기 무섭게 K가 문서 하나를 건네주었다. 내가 만나야 할 사람에 대한 간단한 정보와 질문이 적혀 있었다.

"김진숙*. 조현병 3급. 2002년 입소. 기초생활보장 수급자."

그러면서 K는 면담 대상자는 오늘 아침 자신이 무작위로 뽑은 것이어서 당사자는 그 사실을 모르고 있으니 내가 알아서 찾아야 한다고 말해 나를 당황스럽게 했다.

어른이 된 시점은 동물원이 불편하게 느껴지기 시작한 때라고 종종 생각한다. 그곳이 태평양이나 사바나에 살던 멀쩡하고 힘 좋은 동물을 포획해 조그마한 시멘트 우리나 조악한 수족관에 가둔 곳이라는 걸 깨달았던 건 스물다섯 즈음이었다. 멀쩡한 생명을 가두고 때때로 전시한다는 점에서 장애인시설은 영락없이 동물원이다.

* 김진숙은 가명이며 상황, 조건 등은 각색한 것입니다.

갈 때마다 불편하지만 가야 할 일이 생기면 거부할 수 없는 것이 꼭 장례식장 가는 기분이다. 위로하려는 것이 분명하지만 한편으론 타인의 비극을 구경하고픈 마음도 없다고는 할 수 없고, 무엇보다 위로의 말이란 게 딱히 위로가 되지 않는다는 걸 알기 때문에 차라리 아무 위로도 하지 않는 쪽을 택하다 보면, 어느새 이쪽 사람의 희로애락에 대해서만 신나게 떠들고 있는 나를 발견하고 화들짝 놀라는 것이다. 아닌 게 아니라 그곳에 가족을 보낸 사람들이나 그렇지 않았는데도 유별나게 좋은 사람들은 1년에 한 번쯤 좋은 음식을 싸 들고 그곳의 사람들을 찾아간다. 마치 산 사람 장례 지내듯.

시내를 빠져나가자 시간이 천천히 흐르기 시작했다. '나주곰탕', '양평해장국' 같은 큰 간판을 단 식당들이 드문드문 나타나는 경기권의 흔한 국도를 10분쯤 달리다 내비게이션이 시키는 대로 좌회전을 하자, 평범한 시골 마을이 나타났다. 도로는 차 한 대만 다닐 수 있도록 좁아졌고, 도로변에 바투 자리 잡은 몇 채의 집과 아름드리 나무를 통과하자 마을의 끄트머리에서 큰 대문에 한자로 목각된 세로 간판이 나타났다. P정신요양원이었다.

그쪽 시설로선 우리가 제법 어려운 손님이었던지, 원장이 입구까지 마중 나와 있었고, 응접실엔 열 가지도 넘는 고급 과자와 과일, 음료가 준비되어 있었다. 원장과 악수를 나눈 K가 나에게 눈빛으로 '어서 가서 김진숙 씨를 만나'라고 신호를 보냈기 때문에, 나는 먹음직스러운 체리를 맛보지도 못한 채 되는 대로 과자 몇 개를 집어 들고 여성들이 생활한다는 3층으로 올라갔다. 띵, 하고 엘리베이터 문이 열리자 곧바로 공용 공간인 휴게실이 나타났다. 나는 아무런 마음의 준비도 없이 영화 속한 장면 안으로 등을 떠밀리듯 들어선 기분이었다.

휴게실 벽엔 전원이 꺼진 TV가 걸려 있었고 그 앞에 니은(ㄴ) 자로 배치된 검은색 소파에 열댓 명 정도가 앉거나 서 있었는데, 모두 똑같은 체육복(빨간색 상의와 남색 반바지) 차림이었다. 그들은 잘 관리되고 있다는 증거로 '딱 적당하다'고밖에 말할 수 없는 그런 비슷비슷한 체구였다. 안녕하세요, 하고 내가 씩씩하게 인사했을때 그들 중 누구도 반응하지 않았다. 쏴- 하고 힘차게 물

줄기를 쏘아 올렸지만 와- 하고 뛰어들 꼬맹이가 한 명도 없다는 사실을 안 바닥분수처럼 나는 무안했다. 다행히 아무도 나에게 관심을 갖지 않았다. 그렇다고 자기들끼리 서로 시선을 맞추거나 대화를 하는 것도 아니었다. 모두, 어디에도 시선을 두고 있지 않았다. 그 압도적인 무기력은, 이런 비유가 정당한지는 알 수 없지만, 드라마나 영화 속에 나오는 정신병원이나 요양원의 모습 그대로였다. 사람들이 대낮에 약에 취해 모조리 누워 있는 것만큼이나 대낮에 아무것도 하지 않은 채 멍하니 앉아 있는 모습 또한 충격적이긴 마찬가지였다. 다시 한번 용기를 내 말했다.

"김진숙 님 계세요?"

고맙게도 한 여성이 내 왼쪽 뒤를 가리키며 무심하게 "김진숙은, 저기" 했다. 그러자 단발머리의 한 여성이 벌떡 일어서더니 내 앞을 지나 복도 쪽으로 걸어갔다. "김진숙 님이세요?" 하고 내가 따라가며 물었을 때에야 그녀가 걸음을 멈추고 순하게 고개를 끄덕이며 네, 하고 대답했다. 그녀의 행동은 마치 동네 병원 대기실에서 자신의 이름이 호명되었을 때 일어서 진료실로 걸어가는 것처럼 자동적이고 기계적이었다. 어떤 호기심도 기대도 없어 보였고 그렇다고 경계심이나 거부감도 느껴지지 않았다.

우리가 이야기 나눌 수 있도록 직원들이 김진숙 씨의 방을 비워주었다. 다섯 평 남짓한 방에는 일곱 명이 생활한다고 했다. 이불장과 옷장, 개인 사물함이 다 들어가도록 설계된 커다란 장롱이 한 벽면 전체를 차지하고 있었고, 그 외에는 아무것도 없었다. 평범한 숙박 시설처럼 단출했다. 〈그것이 알고 싶다〉에 나왔던 시설들처럼 누군가를 묶어둘 것처럼 보이지도 않았고, 방 안 어딘가에 오줌통이 숨겨져 있을 것 같지도 않았다. 면담을 시작하기 전, 나는 김진숙 씨가 편하게 이야기할 수 있도록 방문을 닫았는데, 방문엔 복도에서 들여다볼 수 있도록 작은 창문이 뚫려 있었다. 그 문의 잠금장치가 방문 안쪽이 아니라 바깥에 있었다는 사실은 나중에 K가 말해주었을 때에야 알았다. 그러니까 그때 나는 동물원의 철창 안으로 들어간 셈이었다.

여성스러운 얼굴과 자그마한 몸집의 김진숙 씨는 쉰 중반이었다. 서류에는 조현병이라고 적혀 있었으나, 본인은 우울증으로 알고 있다고 말했다. 어머니가 돌아가신 것을 병원에서 들었고 두 달 동안 이불을 뒤집어쓰고 울었으며 동생들은 연락이 없어진 지 오래되었고, 두 달에 한 번 아버지가 '면회'를 온다고 했다. 어떻게 입소했냐고 묻자 그녀가 대답했다.

"제가 잠을 자지 않나 봐요. 차 타고 와보니까 여기였어요."

그녀의 말투가 일곱 살 아이처럼 무구했다. 불현듯 이 방이 죄 없는 사람을 가둔 교도소처럼 느껴졌고, 이 상황이 말할 수 없이 부당하다는 생각에 가슴이 저몄다.

"퇴원심사를 청구할 수 있다는 사실을 알고 계신가요?"

내가 조금 떨리는 목소리로 말하자 김진숙 씨가 마치 최면에 걸린 사람처럼 천천히 읊조리듯 말했다.

"퇴원하면 좋죠."

그녀가 구사하는 문장의 주어 자리엔 그녀가 없었다.

필요할 때 외출할 수 있나요, 하고 묻자, 집에서 연락이 오면요, 했다. 신분증이나 카드를 직접 관리하나요, 하고 묻자 처음엔 그렇습니다,라고 대답했지만 내가 다시 지금 갖고 계시나요, 하자 아무런 갈등 없이 아니요, 직원들이 잘 건사해줍니다, 했다. 먹고 싶은 걸 먹을 수 있나요, 하고 물었을 때에도 그녀는 그렇다고 대답했다. 무엇을 좋아하시냐 했더니 단호박 샐러드를 좋아한다고 대답했다. 그럼 단호박 샐러드 먹고 싶을 때 먹을 수 있나요, 하고 묻자, 그녀가 조그맣게 웃으면서 그럴 순 없죠, 했다.

'그렇죠, 여기에서 그럴 순 없겠죠.'

나는 내가 너무 바보 같은 질문을 하고 있다는 생각이 들었다. 만약 이 상황을 건너 들었다면 나는 직원들이 거주인들에게 요양원 측에 유리하게 대답하도록 사전에 교육시켰다고 믿었을 것이다. 하지만 그녀와 직접 대화했을 때 나는 전혀 그렇게 느끼지 않았다. 그녀는 나보다 더 상식적이고 평화로워 보였다. 이곳은 철창 안이다. 그녀가 정상이고 내가 비정상이다. 모든 것이 역전되는 이 공간, 그것이 더 기이하고 충격적이었다.

　"여기 너무 싫어요, 화가 나요"라는 말을 듣고 싶었지만 기어이 "여기 좋아요. 내가 다녀본 병원 중에 제일 좋아요"라는 말만 들었다. 나는 속으로 '여기 병원 아니에요. 당신은 15년이나 갇혀 있었고, 여기서 죽을지도 몰라요. 정신을 차려요'라고 말하고 싶었지만 그러지 않았다. 내가 무슨 말을 하든 그건 실행 가능성이 전혀 없는 희망 고문일 뿐이었다. 1년에 한 번 카드를 내주고선 돈을 뽑게 하는 그런 프로그램을 두고 '사회 적응 훈련'이라고 말하는 요양원 측과 다를 바 없는 것이다. 할 수 있는 말이 아무것도 없다는 걸 빠르게 깨달은 나는 압도적 무기력에 투항해 그녀의 희로애락을 존중해주기로 했다. 그래, 여기도 사람 사는 곳이니까. 이 안에도 기쁨이 있고, 불안이 있고, 슬픔이 있고, 또 희망도 있겠지. 바깥세상의 잣대로 이들의 삶을 평가하는 건 부당하고 무례하고 오만한 일이라고 짐짓 반성도 하면서. 언제 희망을 느끼냐는 질문에 우쿨렐레를 어제보다 잘하게 되었을 때라거나 언제 고마움을 느끼냐는 질문에 아버지가 '면회'를

와줄 때라는 대답을 들으며 그 안의 삶에서도 일말의 긍정적인 면을 찾으려는 그의 노력을 존중해보려고 애썼다. 그러나 결정적으로 내가 몰입에 실패하고 정신이 번쩍 든 순간은 김진숙 씨의 동생들이 찾아오지 않는다기에 내가 별 뜻 없이 동생들 보고 싶으세요, 하고 물었을 때였다. 그녀가 아무 말 없이 한동안 나를 빤히 쳐다보았다. 나를 꿰뚫는 듯한 그녀의 눈빛이 점점 매서워지는가 싶더니 한순간 눈물이 차오르고 눈시울이 붉어졌다.

"그럼, 내가 맏이인데, 동생들이 안 보고 싶겠어요?"

나는 갑작스러운 그녀의 태도 변화에 당황해 황급히 고개를 떨구었다. 그녀의 말엔 슬픈 분노 같은 것이 서려 있었다. 당연한 말 같지만 '시설병'*의 존재를 알고 있다 해서 시설병을 맞닥뜨리는 순간에 그것이 시설병인

---

* 시설병: 사회와 단절된 채 오랫동안 시설에서 생활하는 사람에게서 나타나는 증상. 획일적 관계 속에 사회성을 상실하고, 단체생활에 익숙해진 나머지 스스로 무언가를 꿈꾸고 할 수 있다는 생각 자체를 하지 못한다. 어떤 사람들은 자신을 가두었던 철창이 사라져도 바깥으로 나오려고 하지 않기도 한다.

줄 바로 알아챌 수 있는 건 아니다. 나는 그녀가 엄청난 비극을 아무렇지 않은 듯 평온하게 읊조리는 그 이상한 불일치를 이해하려고 애썼다. 그러다 그녀의 말과 표정이 처음으로 일치한 순간, 뒤늦게 그것이 시설병이란 걸 깨달았다. 시설병은 생각보다 훨씬 기괴해서 몸서리가 쳐질 정도였다.

"나가고 싶으세요?"

마지막 질문이었다. 그녀가 여전한 평온함으로 주저 없이 네, 하고 대답했기 때문에 나는 그만 울고 싶어졌다. 그녀가 조금 지친 듯 말했다.

"나가고 싶다고 계속 말했어요. 그런데 여기 오래 살아야 한대요. 아버지는 늙었고 동생들하고는 같이 살 수 없대요."

그렇게 듣고 싶은 말이었는데 막상 듣고 나니 내가 그녀에게 해줄 수 있는 말이 한마디도 없다는 사실을 깨달았다.

면담을 마친 후 방을 나오자 직원이 다가와 간식 시간이라고 말했다. '같이 드시자'는 의례적인 말도 없이 직원이 김진숙 씨만 데려갔기 때문에 조금 무안해진 나는 엘리베이터를 기다리는 동안 휴게실의 게시판을 보는 척했다. 게시판엔 시간표, 식단표, 간식표 같은 것들이 붙어 있었다. 오늘의 간식은 아이스크림이었다. 잠시 후 뒤를 돌았다가 깜짝 놀랐다. 보아선 안 될 것을 봤을 때처럼 반사적으로 시선을 피했다가 이내 내가 지금 무얼 본 건가 싶어 흘끔흘끔 쳐다보았다.

서류철을 든 직원 앞에 똑같은 체육복 차림에 어깨가 축 처진 중년 여성들이 무표정한 얼굴로 길게 줄을 서 있었다. 직원의 옆엔 조그마한 상자가 있었고, 그 안에 월드콘이 들어 있었다. 줄을 다 서자 '배급'이 시작되었다. 직원이 누군가의 이름을 부르면 신기하게도 그 이름을 가진 사람이 직원 앞에 서 있는 것으로 보아, 그들에겐 일련번호가 있고 그 순서대로 줄을 선 게 분명했다. 순간 나는 무기력하고 지친 사람들을 월드콘 따위로 줄 세운다는 게 얼마나 모욕적인 일인지 생생하게 깨달았다. 그 장면은 아우슈비츠의 흑백 사진을 연상케 해, 그것이 아이스크림을 받는 게 아니라 가스실로 향하는 줄이라 해도 하등 이상할 것 같지 않았다.

　더 기이한 장면은 그다음이었다. 월드콘을 받아 든 사람들이 하나둘씩 휴게실의 바닥에 앉기 시작한 것이다. 바로 옆에 방금 전까지 그들이 앉았던 폭신한 소파가 버젓이 있는데도 말이다. 그것도 규칙인지, 사람들은 하나같이 TV가 있는 벽 쪽을 향해 앉았다. 바닥에 더 이상 앉을 자리가 없어지자 사람들은 조금 떨어진 복도로 가서는 천천히 벽에 기대 쪼그리고 앉았다. 내 앞에도, 내 뒤에도 모두 월드콘을 든 사람들이었다. 콘이 없는 사람은 나와 직원 둘뿐이었다. 나는 노숙인 무료급식소에서 그릇 하나에 한 끼 밥과 반찬을 받아 와선 길바닥에 쪼그리고 앉아 밥을 먹는 사람들 사이를 지나쳐야 할 때처럼 난감했다.

　사람들은 선사시대 동굴 속 인류처럼 등이 둥그렇게 굽은 듯 보였다. 그 안에 김진숙 씨가 마치 불을 다루듯 조심스럽게 월드콘을 만지작거리고 있었다. 배급이 끝나 조용해진 휴게실에 월드콘의 포장 종이 찢는 소리가 '치익 치익' 하고 느리게 울려 퍼졌다. 그 소리도 끝나자 사람들은 소리 없이 자기 몫의 월드콘을 먹었다. 나는 시선 둘 곳을 찾다 게시판의 간식표를 바라보았다. 이들은 어제도 이렇게 피자와 콜라를 먹었을 것이다. 1주일 전엔 수박과 바나나를, 2주일 전에는 옛날 크림빵과 요거트를 먹었을 것이다.

직원들은 기회라고 생각했을지도 모르겠다. '우리 요양원은 월드콘 하나도 횡령하지 않는다'는 사실을 보여줄 절호의 기회 말이다. 그랬다면 그들의 판단은 틀렸다. 평균적인 의식을 가진 사람이 그런 장면 속에 있게 된다면 어떤 식으로든 내상을 입을 것이다. 직원이 나에게 같이 먹자고 말하지 않은 이유는 분명해 보였다. 확실히 저 사이에 줄을 서야 한다는 건 난감한 일일 테니까. 하지만 직원이 나를 배려했다는 생각은 들지 않았다. 그건 자신과 나, 그러니까 우리들의 간식이 저들의 간식과 같은 것이라고 생각해본 적 없는 사람의 행동에 가까웠다. 1층 응접실엔 직원들이 나를 위해 준비해둔 핏빛 체리가 반짝반짝 빛나고 있을 것이었다.

나보다 먼저 면담이 끝난 K와 원장이 1층 현관에서 나를 기다리고 있었다. 우리는 가볍게 악수를 나누고 건물 앞에 주차된 차에 올라탔다. 비는 그쳐 있었다. K가 앞 유리창을 통해 아직 그 자리에 서 있는 원장에게 다시 한번 고개를 까딱여 인사하고는 차를 천천히 출발시키며 말했다.

　"원장이 두 달에 한 번, 거주인들한테 퇴소 의향을 물어보는 절차 좀 없었으면 좋겠대. 법이 바뀌어서 이번에 좀 강화됐거든. 어차피 퇴소하겠다면 퇴소시켜주는데, 뭣하러 귀찮게 그런 걸 자꾸 확인하게 하느냐고, 직원들 일만 늘었다고 우는소릴 해."

　"퇴소하겠다면 진짜 퇴소시켜줘?"

　정말 몰라서 묻느냐는 듯 K가 나를 쳐다보았고, 나는 정말 모른다는 표정을 지었다. K는 이런 상황이 아주 익숙하다는 듯 조금의 주저함도 없이 강의를 시작했다. K의 말에 따르면 정신요양원 입퇴소 조건엔 세 가지가 있다. 첫째, 당사자가 자의로 입소했다면 자의로 퇴소할 수 있다. 둘째, 가족이 원하고 당사자가 동의해서 입소했다면 자의만으로는 퇴소할 수 없다. 가족의 동의가 있어야 한다. P정신요양원의 경우 거주인들은 모두 동의에 의한 입소다. 가족의 동의가 없다면 누구도 이곳을 빠져나갈 수 없는 것이다. 셋째, 당사자가 입소를 거부할 경우 보호 의무에 의한 강제 입소가 가능하다. 보호 의무자 두 명과 의사의 소견이 있으면 된다. 앞의 두 경우에 따라 당사자가 힘들게 노력해 퇴소했다 하더라도 마지막 보호 의무에 의한 입소 조항이 있는 한 언제든 강제 입소가 가능하다.

"요는 어차피 당사자의 의견은 중요하지 않다는 거야."

"그런 법이 어딨어?"

몰랐던 것도 아니면서 새삼스럽게,라는 표정으로 K가 대답했다.

"그런 법 있지. 정신보건법 24조."

나는 김진숙 씨의 서류를 다시 보았다. "퇴소 희망 여부: 본인 (O) / 가족 (X)"라고 적혀 있었다.

"그런데 웃긴 게 뭐냐면. 거주인들한테 왜 핸드폰을 안 만들어주냐고 했더니, 원장 하는 말이, 지금도 틈만

나면 공중전화 붙들고 집에다 전화를 하는데, 핸드폰이
있으면 얼마나 더 하겠냐는 거야."

"전화해서 뭐라고 하는데?"

K는 그게 바로 자신이 원하던 반응이라는 듯 대답했
다.

"퇴소시켜달라고."

아, 하는 신음이 나도 모르게 새어 나왔다. 나는 머리
가 희끗희끗한 여성들이 휴게실의 공중전화를 붙들고
신호음을 불안하게 견디는 모습을 상상했다. 저편에선
전화를 받는 날보다 받지 않는 날이 더 많을 것이다. 심
하게 전화가 많이 걸려 오는 날엔 가족들이 요양원으로
연락을 해서는, 전화 좀 안 하게 신경 써달라 민원을 넣
기도 한다고 했다.

"원장 말이, 보람이 없대. 정신장애인들은 고마워할
줄을 모른다고. 그러면서 아주 단언하던데. 인권침해는
절대 없다고."

세상엔 절대적 악인과 선인이 있는 게 아니라 그가 지
금 어디에 서 있느냐에 따라 상대적으로 선하고 악할 뿐

이라는 생각을 하게 된 건 언제부터일까. 경험적으로 인권침해는 절대 없다고 선언하는 사람들은 절대적으로 위험한 사람들이다. 그건 선언할 일이 아니라 부단히 노력하는 일. 천국이 아닌 한 악한 일은 언제든 일어날 것이며 철창 안에 누군가가 죄 없이 갇혀 있는 한 철창 밖에 있는 존재는 누구도 그 책임으로부터 자유로울 수 없다.

이 요양원은 언제까지 운영될까. 김진숙 씨는 정말 저 안에서 죽을 때까지 살게 될까. 그것은 죽으라는 것인가, 살라는 것인가. 정말 알 수 없는 노릇이다. 정신장애인들이 시설을 나오더라도 살아갈 수 있는 지원 체계가 전무하다. K와 같은 사람들이 그것을 위해 인생을 바치는 동안 김진숙 씨의 생은 하루하루 꺼져갈 것이다. K와 나는 활짝 열린 요양원의 정문을 순식간에 빠져나왔다. 200미터 뒤에서는 직원들이 양 떼를 몰아가듯 거주인들을 몰아 지하 식당으로 내려가고 있을 것이었다. 오후 4시 반. 그것이 그들의 저녁 시간이었다.

실패할 것이 분명한 이야기*

그날 아침 나는 무척 들떠 있었다. 오랜만에 서울을 벗어난다는 생각으로 도시락을 싸고 커피를 타서 텀블러에 넣다 보니 내가 가야 할 곳이 도살장이라는 사실을 깜빡한 것이었다. 실은 너무나 만나고 싶었던 어떤 사람들을 보러 간다는 기대에 차 있었다. 작년 가을 도살장 앞에서 자신의 몸을 결박하고 도살장으로 들어가는 트럭을 막는 사람들의 시위를 페이스북 생중계로 보았다. 그들이 "동물을 학대하면 안 됩니다" 하고 길거리에서 캠페인을 했다면 나는 그들을 그냥 지나쳤을 것이다. 세상엔 들어도 들어도 들리지 않는 소리가 무수히 많기 때문이다. 하지만 그들이 그 피켓을 들고 뚜벅뚜벅 걸어서 이마트 정육 코너로, 롯데리아로, 배스킨라빈스로 들어갔기 때문에, 거기서 햄버거와 아이스크림을 먹는 사람들을 향해 "더 이상 죽이지 마십시오. 더 이상 빼앗지 마십시오. 이것은 폭력입니다" 하고 외쳤기 때문에, 그러

---

* 메일링 구독 서비스 《일간 이슬아》(2020년 4월)에 실린 글을 재수록하였습니다.

니까 그들이 어떤 선을 무참히 넘어버렸기 때문에, 나는 깜짝 놀라 그들의 얼굴을 바라보게 되었다. 그것은 새로운 인류의 탄생처럼 보였다.

'맞다, 내가 지금 도살장에 가는 거지.'

현타가 온 건 수원역을 지날 즈음이었다. 햇살이 따뜻했고 한산한 지하철 1호선 창밖으론 경기도의 산과 도시의 풍경이 지나가고 있었다. 그러니까 지금 돼지들도 나처럼 그곳으로 가는 중이겠구나, 하는 생각이 들자 테렌스 데 프레가 쓴 《생존자》의 한 장면이 떠올랐다. 아우슈비츠 수용소로 가는 유럽 횡단 열차의 화물차량 안에는 100명 정도의 유대인이 빈틈없이 타고 있었는데 문제는 거기에 화장실이 없다는 것이었다. 문명인 남녀노소가 며칠을 그 안에서 '짐승처럼' 토하고 오줌과 똥을 참다가 결국 쌌다고 했다. 전쟁이란 남들 앞에서 설사를 하고도 도망치지 못하는 일이라는 걸 그때 알았다. 죽을지도 모르는 곳으로 끌려가는 사람들의 얼굴을 상상하며 옆에 앉은 남편을 바라보았다.

절반은 나에게 끌려온 남편은 조금 예민해져 있었다. 3일 뒤면 설 연휴였고, 우리는 이틀간 집을 비워야 했기 때문에 두 마리의 고양이를 위해 자동급식기를 구입한 참이었다. 급식기는 핸드폰 어플로 급식량과 시간을 조정하고 급식이 성공적으로 이루어졌는지도 확인할 수 있는 것이었는데 그날이 시범 운영을 하는 날이었다. 12시가 되자 남편은 핸드폰에서 눈을 떼지 못했다. 12시에 한 차례 사료 급여가 설정되어 있었는데 왜인지 '미접속' 상태라고 뜨며 급여가 제대로 이루어졌는지 확인할 수가 없었던 것이다. 제품에 하자가 있어도 반품하고 다시 받을 여유가 없었기 때문에 우리로선 매우 절실한 문제였다. 새로고침을 반복하던 남편이 급기야 에이씨, 하고 작게 성질을 냈다. 그는 거의 짜증을 내지 않는 사람이므로 나는 순간 긴장하면서도 속으론 조금 흐뭇했다. 그가 고양이에게 성실한 보호자라는 사실이, 그가 나에게 좋은 배우자일 때보다 훨씬 더 다정하게 느껴졌다.

12시 30분에 버스는 작은 하천을 지나 오산에서 화성으로 넘어갔다. 곧바로 목적지인 버스정류장이었다. 까칠해진 남편을 뒤로하고 내가 앞장서 걸었다. 거의 목적지 근처였는데도 길치인 나는 어김없이 길을 잃었고, 남편은 여전히 핸드폰에 코를 박고 새로고침을 반복하며 따라오는 중이었다. 도살장 같은 것이 전혀 나타날 것같지 않은 황량한 겨울 강변을 헤매며 나는 왜인지 내가 너무 멀리 온 것 같다는 느낌에 휩싸였다.

○○축산에 다 왔다는 것은 냄새로 알았다. 끔찍한 악취가 마치 최루가스처럼 콧속으로 쳐들어왔기 때문이었다. 페이스북에서만 보던 활동가들이 그 악취 속에서 걸어 나와 나에게 다가왔다. 실물로 보니 꼭 연예인을 만난 기분이었다. 분홍색 패딩을 입은 20대 여성 활동가가 엄숙하고 진지하게 몇 가지 공지 사항을 빠르게 전한 후 저만치 서 있는 집채만 한 트럭들을 가리키며 말했다.

"이제 돼지를 마주하시면 됩니다."

'오늘의 주인공은 나도 당신도 아닙니다'라고 말하는 듯해서 조금 무안했다. 그리고 당혹스러웠다. 돼지와 마주하는 건 어떻게 하는 건지 몰랐다. 나는 틀리고 싶지

216

않았기 때문에 천천히 트럭들의 주변을 돌며 다른 사람들이 어떻게 하는지 곁눈질했다. 트럭 속엔 이제 막 아우슈비츠에 도착한 인간들처럼 토사물과 똥과 오줌으로 뒤범벅된 돼지들이 옴짝달싹할 수 없이 빼곡하게 들어차 있었다. 다행히 그들은 돼지들이었고, 세계대전이 난 게 아니라 명절 대목이었다. 그들은 피곤과 공포에 짓눌려 있었겠지만 그때의 나는 그런 것을 볼 줄 아는 인간이 아니었다. 소도 도살장에 끌려갈 땐 눈물을 흘린다는 사실을 알기 위해서는 평상시에 소가 어떤 얼굴인지를 알아야 하는 것이다. 내가 구분할 줄 아는 건 오직 인간의 얼굴뿐이었다.

트럭 주변을 돌며 중년의 남자가 돼지들에게 물을 주고 있었고 어떤 여자는 묵념하듯 고개를 숙이고 있는데 유심히 보니 흐느껴 우는 것이었다. 또 어떤 사람은 더러운 트럭 안으로 팔을 쑥 집어넣어 돼지의 등을 다정하게 쓰다듬고 있었다. 그런 모습을 대기 중인 트럭 기사들이 별 희한한 걸 다 본다는 듯이 내려다보고 있었다. 호기심과 비웃음, 어이없음, 언짢음 같은 것들이 뒤섞인 애매

한 표정이었다. 고백하건대 그 트럭 기사의 얼굴이 내가 거기서 본 얼굴 중에서 가장 공감할 수 있는 것이었다.

'비질'이라고 불리는 이 행사는 공장식 축산의 현장을 직면하자는 취지인 것인데, 내가 이곳에 오기 두려웠던 이유는 '마음이 아플 것 같아서'가 아니라 '마음이 아프지 않을 것이 분명해서'였던 것이다. 유명 맛집 앞에서 줄을 서 대기하듯이 돼지들을 가득 태운 트럭이 도살장 바깥에 줄지어 있다가 한 칸씩 한 칸씩 앞당겨 결국 도살장 안으로 들어가는 것을 두 시간 동안 별다른 프로그램 없이 지켜보기만 했다. 그 안에 나의 고양이가 있었다면 나는 어떻게든 트럭을 막고 드러누웠을 것이다. 하지만 다행히, 돼지들이었다. 40년 동안 내가 충실히 먹어왔던 그것 말이다.

진행자는 우리를 ○○축산 옆에 위치한 축산물 도소매 유통센터로 안내했다. 커다란 물류창고에서 지역별로 배송될 상품들을 분류하듯이 갓 도살된 '신선한' 소와 돼지들이 부위별로 해체되는 중이었다. 〈체험! 삶의 현장〉에 나와도 손색없을 성실한 노동자와 자영업자들이 방수 앞치마를 입고 죽은 동물들을 손질하고 있었다. 그들의 숙련된 손끝에서 소머리, 삼겹살, 안심, 등심, 갈비, 천엽, 족발 같은 것들이 깔끔하게 완성되어 나왔다. 이번에 나는 인간의 얼굴은 보지 못하고 죽은 동물들의 얼굴만 보았다. 한 마리의 소 머리가 절반은 온전했고 절반은 으깨지고 있는 중이었다. 광주 5·18 때 공수부대에게 무참히 살해된 사람들의 얼굴 사진을 아주 오랫동안 본 적이 있었는데 그 모습이 겹쳐졌다.

'인간의 얼굴에서 짐승이 보이면 전쟁이나 학살이라고 부를 텐데, 짐승의 얼굴에서 인간이 보이면 그건 뭐라고 불러야 하는 걸까.'

나는 마치 처음 지구에 도착한 외계인이 된 기분이었다. 학살이 일어나고 있었지만 나는 완벽하게 안전한 행성이었다. 발밑을 조심해야 했기 때문에 아주 살금살금 걸었다. 바닥엔 살점과 핏물과 그것들을 씻어내느라 물이 흥건했다.

발밑을 조심해야 한다는 건 내가 고양이들과 살면서 몸에 익힌 가장 중요한 감각이었다. 고양이는 소리 없이

다가와 있을 때가 많았는데, 특히 부엌에서 뜨거운 음식을 할 때면 늘 발밑에 고양이가 있을지 모른다는 것을 염두에 두어야 했다. 그것을 잊고 깜짝 놀라 넘어지기라도 한다면 뜨거운 것을 쏟거나 고양이를 깔아뭉개 크게 다치게 만들 수 있기 때문이었다. 고양이를 사랑하게 된 후부터 나는 언제나 그들의 죽음을 생각했다. 그건 내가 어떤 대상을 몹시 사랑하게 되었을 때 곧바로 갖게 되는 동물적인 두려움이었다. 부주의한 내가 아무런 의도도 없이 이 작은 고양이를 다치거나 죽게 할 수도 있다는 걸 잊지 말아야 했다. 그런 일은 한순간이기 때문에 한시도, 하루도, 잊지 말아야 했다. 죽을 때까지 그래야 했다. 나는 집에서도 아주 살금살금 걷는 인간이 되었고 그 감각을 사랑했다. 나의 그런 걸음이 몹시 불쾌했는지 커다란 칼로 소머리를 썰던 남자가 신경질적으로 외쳤다.

"거, 쫌! 빨리 가요! 명절인데 장사 방해되니까!"

말하자면 〈체험! 죽음의 현장〉인 '비질'이란 이 행사를 그곳 상인들이 좋아할 리 없었다. 그를 공격하고 싶지도 그에게 공격당하고 싶지도 않았으므로 나는 빨리 그곳을 벗어나고 싶었다. 하지만 마음처럼 빨리 걸을 수가 없는 기분이었다. 갑자기 바뀐 중력에 잘 적응하지 못해서 꼭 넘어질 것 같았기 때문이었다. 그곳 상인들에게 웃음거리가 되고 싶지 않았으므로 나는 발가락 하나하나에 힘을 줘 최선을 다해 중심을 잡았다.

*

그날에 대해 말하는 건 몹시 어려운 일이다. 너무나 잘 말하고 싶기 때문에 이야기하면 할수록 실패할 것이 분명한 그런 이야기다. 슬프지 않아서 슬프고, 이상하지 않아서 이상한 그런 날이었다. 그곳에 내가 모르는 건 아무것도 없었다. 그러나 모든 게 충격적으로 낯설었다. 내가 충격을 받은 건 도살 그 자체도, 도살된 소와 돼지들을 해체하는 인간의 오랜 관습도 아니었다. 나는 이렇게 말하는 사람들을 만난 것이다.

"돼지의 엉덩이에 종양 같은 게 있었어요. 나는 겨우 종이에 손만 베여도 아픈데 얼마나 아팠을까요. 살아 있는 돼지들이 컨베이어벨트에 실린 생산품처럼 셀 수도 없이 많이 공장 안으로 들어가요. 여기만 오면 언제든지 이런 폭력을 볼 수 있다는 게 이상하게 느껴져요."

"어느 날 비질에 갔다가 캔버스 운동화에 피가 묻었어요. 그 신발을 신고 집으로 돌아갔는데 제가 속한 도시는 너무나 깨끗하고 안전한 거예요. 기분이 이상했어요."

"저는 개농장에서 개를 구조하는 활동을 해왔습니다. 그런데 오늘 본 돼지들은 단 한 마리도 구조할 수 없다는 게…… 너무 무력한 기분이에요."

"비질에 와서 찍은 사진을 저장할 때 그들이 죽은 날짜를 파일 이름으로 기록합니다. 4·3, 5·18, 4·16처럼요. 그 순간 뭔가 특별해지는 느낌이 있어요. 인간이 이렇게 많이 죽으면 역사책에 나오는데 왜 이들은 인간이 아니라는 이유만으로 이렇게 죽는 것이 당연하다는 걸까요."

그것은 모두 태어나 처음 들어보는 언어였기 때문에 나는 꼭 다시 태어난 것 같았다. 놀랍게도 나는 그들의 말을 다 알아들을 수 있었다. 내 안에서도 하고 싶은 말들이 마구마구 웅성거렸다. 하지만 나는 이제 막 태어났기 때문에 말을 잘할 수 없는 기분이었다. 뭔가 엄청나고 끔찍한 것을 보았다고 말하고 싶은데, 입 밖으로 꺼내면 아주 귀여운 말이 될 것 같아서 하기 싫어졌다. 옹알이 하는 아이들의 답답함을 알 것 같았다. 나와 다르게 남편은 또박또박 말했다.

"저는 노동조합 활동을 하고 있습니다. 저희들이 늘 하는 말이 '우리도 같은 인간인데 왜 비정규직이라고 차별하느냐'인데요, 동물에 대해선 한 번도 의심해본 적이 없습니다. 동물은 인간과 다르니까 그렇게 해도 된다고 생각했습니다. 우리도 그들과 같은, 동물인데 말이죠."

그는 그렇게 말한 후에 나를 보며 너도 한마디 해보라고 눈짓을 보냈다. 나는 끝내 한마디도 못 했다. 거기 모인 스무 명의 인간 중에 말을 못 한 건 내가 유일했다. 남편을 데려오길 정말 잘했다고 생각했다. 그날에 대해 절대로 말로는 설명할 자신이 없기 때문이었다. 이 중요한 기분을 말로써 표현하지 않고도 공유하게 된 것은 정말 다행이었다. 그렇지 않았다면 나는 몹시 외로웠을 것이다. 나도 모르게 어떤 선을 넘어버린 것 같다고 생각했다. 그것은 앞으로 나와 다른 생각을 가진 사람들을 많이 만나게 될 거라는 예감이기도 했고 어쩌면 오래된 친구들을 잃어버릴지도 모른다는 예감이기도 했다. 그리고 동시에 놀라운 해방의 예감이었다.

　서울로 돌아왔을 때는 저녁 8시였다. 우리는 식당에 들어가 청국장을 시켰다. 밥을 먹으려고 숟가락을 입에 가져가는 순간 낮에 돼지들에게서 나던 그 냄새가 훅 끼쳐왔다. 비누로 몇 번이나 손을 씻었는데도 그들의 냄새가 옷소매에 묻어 나를 따라온 것이었다. 도살장 앞에 있는 내내 머리가 아플 지경이었던 그 냄새가 아련하고 희미하게 남편과 나를 감쌌다. 낮에 본 돼지들은 모두 사라진 저녁이었다. 옆 테이블에 둘러앉은 가족들 사이에 놓인 보쌈 한 접시가 유난히 크게 보였다. 나는 조그맣게 읊조려보았다.

　"2020년 1월 21일."

　태어난 지 6개월 된 어린 돼지 2,000여 마리가 경기도 화성 ○○축산에서 한꺼번에 사라진 날이었다. 나는 희미하게 슬펐다. 멀미가 날 것 같았다.

아우슈비츠로 가는 길은 도살장에서 시작되었다*

비질이라는 프로그램이 있다. 공장식 축산의 현장, 정확히는 도살장 앞에 가서 그곳으로 끌려가는 동물들을 마주하는 것이다. 도살장의 공식 명칭은 OO축산이고 대부분의 평범한 공장들처럼 투박하고 네모반듯하게 생겼다. 내부로는 접근할 수 없으므로 행사에 참가한 사람들은 그저 정문 앞에서 대기 중인 트럭 안에 있는 동물들을 짧은 시간 바라볼 뿐이다. 한 대의 트럭이 대기하는 시간은 20~30분이지만 하나의 트럭이 도살장 안으로 들어가면 다음 트럭이 대기 선 안으로 들어오기 때문에 사람들은 계속 다른 동물을 만날 수 있다. 나는 그곳에 딱 두 번 갔을 뿐이지만 상상 속에서 수시로 그날로 붙들려 간다. 그 느낌을 아직은 말로 설명할 수 없다. 그러기 위해 아주 긴 시간이 필요할 것이다.

그날로 돌아갈 때마다 나는 어떤 질문에 사로잡혔다. 저렇게 큰 동물을 대체 어떻게 죽일까? 돼지는 100킬로

---

* 전쟁없는세상 블로그에 실린 서평(찰스 패터슨, 정의길 옮김, 《동물 홀로코스트》, 휴, 2014)을 재수록하였습니다.

그램, 소는 600킬로그램이 넘는다. 작은 고양이와 함께 살게 된 후 나는 동물 역시 인간처럼 자신의 신체를 억압하는 존재에게 죽을힘을 다해 저항한다는 사실을 알았다. 그러므로 고양이가 원치 않는 일, 이를테면 약을 먹이는 일 따위를 하려 해도 기만이든 협상이든 순전한 완력이든 노력과 기술이 필요한 것이다. 저 돼지들도 분명 그러할 텐데, 대체 저 공장 안에선 어떻게 저토록 빠르게 도살이 이루어질까? 20분은 수십 명의 동물을 바라만 보기에도 충분치 않은 시간이었다. 그런데 100미터 저편 공장 안에서 누군가는 그 속도로 동물들을 무려 살해하는 것이다. 저 공장 안은 대체 어떻게 설계되었을까?

'전쟁 없는 세상'으로부터 동물과 전쟁이라는 주제로 글을 써달라는 청탁을 받았을 때 나는 대번에 대답했다.

"저는 동물도 모르고 전쟁도 모르는데요."

하지만 써보겠다고 했다. 동물들이 이 세계에서 어떻게 살고 죽는지 알아갈 때마다 나는 이렇게 중얼거렸기 때문이다.

"이건 전쟁이잖아⋯⋯?"

이상한 일이었다. 나는 특별히 전쟁에 대해 관심을 갖거나 마음 깊이 아파해본 적이 없기 때문이다. 그리고 홀로코스트를 다룬 영화 〈피아니스트〉를 보면서는 이렇게 읊조렸다.

'저건 동물들의 이야기잖아?'

이유 없이 조롱당하고 무력하게 총을 맞고 피 흘리며 죽는 인간들에게서 동물이 보일 때, 나는 이전보다 훨씬 생생하게 전쟁의 가슴 아픔과 무시무시함을 느끼고 있었다. 역시 이상한 일이었다. 나는 이 연상들을 이해하고 싶었다. 그래서 《동물홀로코스트》를 읽기 시작했다. 이 책의 부제는 '동물과 약자를 다루는 '나치'식 방식에 대하여'이다. 작가, 역사가이면서 홀로코스트 연구자인 찰스 패터슨이 쓰고 한겨레신문 국제부 정의길 기자가 번역했다.

차별은 이렇게 시작되었다

이야기는 '가축화'의 역사에서 시작된다. 책을 열자마자 나는 무언가 엄청난 세계의 문을 열었다는 느낌을 받았다. 고양이와 함께 살면서 나는 고양이에 관한 책을 많이 읽었는데 언제나 가장 먼저 나오는 것이 가축화였다. 고양이는 개보다 가축화의 역사가 짧아 야생성이 더 강하게 남아 있으므로 그에 맞게 대해야 한다는 것이었다. 그런 책을 읽으며 나는 '가축화'가 인간과 동물이 친해지고 서로를 길들인 역사라고 이해했다. 이 책은 가축화를 전혀 다르게 설명한다. 동물의 자리에서 바라보는 것이다. 그렇다면 이야기는 완전히 달라진다.

'가축화'란 이런 것이다. 여성 동물에게 젖을 얻으려면 새끼들이 먹어야 할 젖을 빼앗아야 하므로 다양한 방법이 고안된다. 투아그레족은 송아지가 젖을 빨 때마다 고통을 느끼게 하기 위해 볼에 구멍을 뚫어 재갈을 물리듯 막대기를 끼워 넣었다. 르왈라족은 어린 낙타의 콧구멍 아래 날카로운 못을 삽입해 젖을 먹으려 어미에게 다가갈 때마다 어미를 찌르게 만든다. 거세는 동물 사육의 핵심이다. 수태 능력이 우수한 번식용 동물만 남기려는 것이다. 라프족은 수레를 끄는 데 이용하는 순록 떼 대부분을 거세시킨다. 순록을 붙잡아놓고는 음낭을 천으로 싸서 이빨로 깨물어 씹어서 부서뜨린다. 뉴기니에서는 돼지가 마음대로 먹이를 찾아 이동하지 못하도록 돼지의 입을 얇게 잘라내 그 고통으로 땅을 파지 못하게 한다. 돼지의 눈을 파내고 막대기로 눈을 찔러 체액을 빼낸 뒤 망가진 눈을 다시 눈구멍에 넣기도 했다.

농업혁명의 일부로서 인간 진보의 핵심이라고 여겨졌던 가축화의 디테일을 아는 건 매우 중요하다. 차별은 거기서부터 시작되었기 때문이다. 동물을 지배하고 착취하는 것이 사회의 토대가 되고 자연적 질서로 인식되면서 어떤 폭력과 무자비함이 사회적으로 용인되기 시작했다. 그러고 나면 동물뿐 아니라 인간까지도 그와 비슷한 방식으로 다루게 된다. 바로 인간 노예제이다. 노예제는 동물을 예속화하는 가축화가 인간으로 확장된 것이라고 이 책은 말한다. 인간이 미개한 동물을 지배하는 게 마땅하듯 동물처럼 미개한 인간을 지배하는 것도 마땅한 것이다. 인간은 자신이 정복하고 싶은 인간들이 생기면 그들을 동물로 칭했다. 인간을 동물로 부르는 것은 언제나 불길한 징후, 대량 학살의 징후다.

아메리카의 식민지 개척자들은 원주민들을 붉은 야만인, 이성이 아닌 감정의 지배를 받는 동물로 보았고 "우리의 문명을 지키기 위해 이런 존재들은 지상에서 쓸어버리는 것이 낫다"고 생각하며 그들의 사지와 코, 손, 혀, 생식기를 잘랐다. 18세기 미국에선 원주민 노예가 새로운 주인에게 팔릴 때마다 동물에게 낙인을 찍듯 새로운 글자를 얼굴에 새겨서 얼굴 전체가 글자로 뒤덮인 노예도 있었다. 일본은 중국을 침략했을 때 중국인을 돼지라고 불렀고 군대에서 신병이 도착하면 '감성 둔화 훈련'의 일환으로 중국 민간인을 죽이도록 시켰다. 나치는 유대인을 고리대금업을 하는 해충이라 칭했고 자신들이치를 '최종 해결'이 세균학자 파스퇴르가 싸웠던 것과 동일한 전투라고 말했다.

동물의 가축화는 '인간이 동물보다 우월하다'는 종차별로 이어지고 그것은 어떤 인간이 다른 인간들을 '동물같다'고 낙인찍어 지배하는 인종차별로 이어진다. 이 책의 1부를 읽는 동안 1만 년이 흘렀다. 족쇄를 차고 새끼를 빼앗기고 낙인찍히고 거세당하고 도살되는 동물의 모습과, 동물이라 칭해진 인간들이 동물처럼 낙인찍히고 거세되고 도륙당하는 모습이 마치 릴레이 달리기를 하듯 계속 이어진다. 어느샌가 그 순서와 구분이 모호해진다. 모욕과 도륙을 당하는 존재들을 보며 그 끔찍함에 몸서리를 치면서도 내가 충격을 느끼는 것이 인간의 죽음인지 동물의 죽음인지 헷갈리는 혼돈, 인간과 동물이 계속 겹쳐 보이는 환시를 느끼는 것이다. 물론 그것이 저자가 원하는 일일 것이다.

기념비적 규모의 죽음이 시작되었다

산업화 이후 이 착취는 그야말로 폭주하기 시작한다. 동물 착취와 인간 착취는 어떻게 이어지는지를 살피는 2부는 이렇게 시작한다.

"아우슈비츠로 가는 길은 도살장에서 시작되었다."

내 머릿속에서 직관적으로 겹쳐졌던 두 개의 장소는 어떻게 만날까. 나는 단 하나의 문장도 놓치지 않으려고 애쓰며 이 장을 읽었다.

1865년 크리스마스, 미국 시카고에 유니언 스톡 야즈가 개장했다. 2,300여 개의 가축 축사와 호텔, 식당, 살롱 등이 있는 거대한 복합 지대로 약 78만 평의 땅을 차지했다. 동물 착취가 대규모 산업으로 탈바꿈했다. 공장식 축산의 시대가 열린 것이다. 이곳을 둘러싸고 160킬로미터 이상의 철도가 부설되었다. 서부의 소, 양, 돼지들이 기차 가득 실려 왔다. 정육업자들은 늘어나는 가축 물량과 증가하는 육식 수요를 충족하고자 컨베이어 벨트를 도입했다. 이 새로운 일관생산 조립 라인이 동물을 죽이고 해체하고 다듬고 대중에게 발송하는 속도는 놀라웠다. 가히 기념비적 규모의 죽음이 시작되었다. 노동자들은 고도로 분업화된 노동을 맹렬한 속도로 수행했다. 이 기계화된 도살 시스템은 혁신의 상징이었다. 1905년 업턴 싱클레어가 유니언 스톡 야즈를 취재해 쓴 소설 《정글》에 의하면 도축의 산업화란 이런 것이다.

서커스장 같은 거대한 방에서 노동자들은 거세된 수소들을 한 시간에 400~500마리를 도축했다. 소 떼가 도착하면 좁은 통로로 몰아넣는다. → 소들은 분리된 우리로 들어가 갇힌다. 그곳에서 움직이거나 뒤돌아서지도 못한 채 울부짖었다. 우리 위에선 '노커'(망치로 때리는 사람)가 커다란 망치를 손에 들고 소에게 일격을 가할 기회를 노리고 있다. 방 안은 소의 머리를 빠르게 때리는 소리와 소들이 우리를 발로 차며 날뛰는 소리들로 가득 찼다. → 소가 쓰러지자마자 노커는 다른 소 위로 옮겨 갔다. → 다음 공정의 작업자가 빗장을 올리면 우리의 옆이 열린다. 발을 구르고 몸부림치는 소가 '도살대'로 밀려 떨어진다. → 작업자는 소의 다리에 족쇄를 채우고 지렛대를 당겨 소를 공중으로 들어 올린다. → 다음 작업자는 소의 목을 신속하게 딴다. 어찌나 빠른지 그 모습이 보이지도 않을 정도다. 피가 쏟아져 바닥에는 최소한 반 인치 정도 두께의 핏물이 흥건히 고여 있다. → 피투성이 사체는 노동자들이 기다리는 작업라인으로 내려간다. → '헤즈맨(목 베는 사람)'이 톱으로 소의 머리를 잘라낸다. → '스키너(가죽 벗기는 사람)'들이 가죽이 상하지 않게 조심스럽게 자르고 벗겨낸다. → 가죽이 벗겨지고 머리가 잘린 사체가 작업대를 따라 내려간다. → 작업자들은 그것들을 절단하고 내장을 발라 뜯어내고 다리를 잘라낸다. → 절단된 사체에 호스로 물을 뿌린 뒤 냉각실로 옮기고 남은 부위는 동물 사료가 된다.

　15~20마리의 소를 단 2~3분 만에 쓰러뜨려 굴려 보냈다. 다시 문이 열리고 또 다른 소들이 밀려 들어왔다.

　어떤 거인이 이 도살이 일어나는 거대한 정육면체의 공장을 들어 올린다면, 이 장면은 거대한 도륙, 학살일 것이다. 하지만 그 위에 공장을 씌우면 축산업이 된다. 이 시스템에 영감을 받은 사람이 있었다. 바로 자동차 왕 헨리 포드. 그는 젊은 시절 시카고의 한 도살장을 방문했을 때 이 과정에 깊은 인상을 받았다. 정육업자들의 효율적 도살 방법에 인상을 받은 헨리 포드는 유럽의 '도살자'들에게 특별한 기여를 했다. 그는 나치가 유대인을 죽이는 데 사용한 일관식 조립 라인을 개발했고, 홀로코스트를 불러일으킨 잔악한 반대유대주의운동도 했다. 독일에 영향을 미친 미국의 이 두 가지 현상은 국민들의 질을 개량시키려는 폭넓은 문화적 현상의 일부이다. 그것은 바로 우생학. 우생학은 가축의 육종, 즉 최우량종만 번식시키고 나머지는 거세하고 죽이기 위해

발전한 기술에서 영감을 받은 것이었다. 우생학은 미국에서는 단종, 독일에서는 단종, 안락사, 집단학살로 이어졌다.

동물 육종은 어떻게 홀로코스트로 이어졌는가

1903년 미국 육종인협회가 창설되었고 그곳에선 식물과 동물의 선택적 육종에서 성취한 결과들이 보고되었다. 이는 참가자들로 하여금 이런 질문을 품게 했다. "저런 기술들이 왜 인간에게 적용되어서는 안 되는가." 1910년 설립된 우생학기록소의 소장 찰스 데이븐포트는 가금류 연구자였다. 그는 "우생학은 더 좋은 육종으로 인종을 개량하는 과학"이라고 말했다. 20세기 우생학운동의 주요 목적은 단종이었다. 우생학 지지자들은 이 사회가 정신적으로 결함이 있거나 범죄 성향이 있는 사람들의 출산을 예방해야 한다고 생각했다. 1930년 미국 주들의 절반 이상이 '저능아, 간질환자, 정신박약자'에 대해 강제 불임 수술을 실시하는 단종법을 통과시켰다. '벅 대 벨' 판결에서 대법관은 이렇게 말했다. "만약 주 당국이 전시에 젊은 남자를 군대에 복무하도록 강제할 수 있다면 우리 주민들이 무능력해지는 것을 방지하기 위해 주의 역량을 약화시키는 사람에게 작은 희생을 요구할 수 있어야 한다."

미국의 우생학에 깊은 인상을 받은 독일의 나치는 1933년 장애인을 단종하도록 규정했고 1939년 히틀러는 T-4계획을 단행했다. 독일의 우생학 캠페인은 치명적 단계로 들어섰다. '정신적·육체적으로 지체되고 병약하여 아리안 민족의 우월성을 더럽히는' 독일인들을 조직적으로 살해하도록 지시한 것이다. 그들은 사람들을 효과적으로 빠르게 죽이는 방법을 토론한 결과 가스실을 고안했다. 1940년 여섯 개의 가스실을 개장했다. 가스를 사람들에게 끌어오기보다 환자들을 가스실로 이송시키기로 결정한 것이다. 1939년부터 1941년까지 7만 ~9만 명이 죽었다. T-4는 유대인 집단학살의 서장이었다. T-4의 기술은 유대인을 학살하는 처형 수용소로 이전되었다. 가스실과 화장터뿐만 아니라 희생자들을 가스실로 유인하고 일관식 조립 라인으로 그들을 죽이고 시체를 처리하기 위해 개발된 방법 모두가 포함된다.

홀로코스트의 주요 이론가, 설계자, 집행자들은 농업과 동물 육종 권위자이거나 우생학 지지자들이었다. 홀로코스트 설계자 힘러는 농업을 공부했고 양계장을 운영하며 닭을 육종했던 사람이었고, 이론가 다레는 농업 전문가였다. 아우슈비츠 소장 회스는 농업의 열광적 지지자로 수용소를 농업연구소로 만들고 싶어 했던 사람이었다. 그들 누구도 '괴물'이 아니었고 '평범한' 농업과 축산업 권위자들이었다. 축산업은 우생학의 요람이었다. 유대인을 절멸시키는 임무를 수행한 이들에게 동물 착취와 도살의 경험은 훌륭한 훈련이었다.

운명은 결정되었다. 도망칠 방법은 없다.

이 책에서 가장 인상적인 문장은 이것이다. 두 개의 문장인데, 그것을 이으면 이렇게 된다.

"운명은 결정되었다. 도망칠 방법은 없다."

처형센터에서 희생자들을 죽음으로 이끄는 경로의 마지막 부분은 활송 장치(미끄러뜨리듯 물건을 이동시키는 장치), 관, 죽음의 골목 등 다양하게 불린다. 황소가 일단 그 활송 장치에 들어가면 운명은 결정된다. 아무리 힘센 동물도 살아서 나갈 가망은 없다. 활송 장치를 지나 공장 안으로 들어가면 곧바로 두개골에 총알이 박히는 것이다. 트레블린카 수용소에서 가스실로 가는 마지막 통로인 '관'은 너비 3~4미터에 길이 140미터 정도의 길로 되어 있었다. 사람들이 일단 막사에서 몰살 수용소로 연결되는 관에 들어가고 나면 아무리 저항정신이 투철한 인간이라도 달아날 방법은 없다.

인간을 희생시키는 모델의 기초는 동물을 희생시키는 것이다. 먼저 인간이 동물을 착취하고 도살한다. 그런 다음 인간은 다른 인간들을 동물처럼 취급하고, 동물에게 했던 짓을 사람들에게 똑같이 한다. 미국과 독일은 금세기 대학살에 독특한 기여를 했다. 미국은 도살장을, 나치 독일은 가스실을 제공한 것이다. 희생자들은 다르지만 학살 공정은 공통적인 양상을 갖고 있다. 학살 과정은 고

도로 능률화되어 있다. 처형센터의 속도와 효율, 그 공정은 희생자들이 무슨 일이 일어나고 있는지 파악하고 대응할 수 없다. 탈주나 저항은 애초부터 불가능하다.

죽음이 저 앞에 있다는 것을 직감하면서도 앞으로 걸어가는 것밖에 할 수 없는 인간과 동물들의 행렬을 생각하면 서늘하고 무시무시하다. 수많은 동물들이 네 발로 끌려간 그 길로 두 발의 인간들도 끌려서 걸어갔다. 가장 먼저 희생된 인간은 두 발로 걷지 못하는 '열등한' 인간, 동물화된 인간, 그러니까 장애인이었다. 나치 친위대는 그 '관'을 '천국으로 가는 길'이라고 불렀고 유대교 회당에서 가져온 검은 커튼을 가스실이 있는 건물 입구에 쳤다. 미국의 동물과학자 템플 그랜딘도 자신이 설계한 동물들의 마지막 통로를 '천국으로 가는 계단'으로 불렀다. 그 길의 진실을 아는 존재들은 모두 살해되었다.

예술가 주디 시카고의 글은 아주 인상적이다. 홀로코스트를 접하고 인류의 폭력성을 이해하고 받아들이는 것이 너무 고통스러웠던 시카고가 그 폭력의 기원을 이해하기 시작한 것은 아우슈비츠를 방문해 소각장의 축

소 모형을 보았을 때였다. 그것은 산업화된 동물 도살과 가공 처리 시설, 그러니까 축산업 시스템이었던 것이다. 시카고는 이렇게 썼다.

"나는 돼지를 가공 처리하는 것과 돼지라고 규정된 사람들에게 똑같은 일을 하는 것 사이의 윤리적 차이가 궁금해지기 시작했다. 도덕적인 고려가 동물에게까지 확장될 수 없다고 주장하는 사람들이 많지만, 그것은 바로 나치가 유대인들에게 했던 말이다. (중략) 아우슈비츠가 기이하게도 익숙하게 보인다."

나 역시 그랬다. 도살장에 대해 생각하기 시작하자 아우슈비츠에 관한 이야기나 이미지가 의미심장하게 다가왔다. 아무 이유 없이 조롱당하고 엄마를 빼앗기고 자식이 끌려가는 걸 속수무책 바라보고 학대당하고 착취당하고 처형당하고 생매장당하는 존재들 말이다. 그저 먼 나라의 과거완료형 비극이 동물 문제를 경유하자 그 슬픔과 참혹함이 이상할 만큼 생생하게 증폭되어 보였다. 왜냐하면 인간들이 떠난 자리에 동물들은 남았기 때문이다. 나치가 유대인에게 했던 일들은 중단되었지만 똑같은 일이 더 빠른 속도로 동물에게 계속 자행되고 있기 때문이다. 그것은 오늘도 현재진행형인, 우리 모두가 의존하는 현대 기술, 즉 축산업이다.

상상 속에서 도살장 앞으로 붙들려 갈 때마다 나는 몸과 정신이 마취되어서 아파도 아픔을 느끼지 않고 슬퍼도 슬픔을 느끼지 못하는 상태가 된다. 세계대전의 비인간성을 상징하는 대학살이 오늘날 우리 일상을 지탱하는 기본 질서라는 사실을 자각하면, 인류 역사 최악의 범죄인 홀로코스트가 우리의 식탁 아래 거꾸로 매달려 작동되고 있다는 기이한 감각에 휩싸이기 때문이다. 사실 내가 정말로 궁금했던 건 도살장 내부가 아니다. 그런 건 유튜브에서 금세 찾을 수 있고 나는 수도 없이 그것들을 보았다. 내가 정말 알고 싶었던 건 그런 학살 시스템을 설계한 평범한 현대의 기업가, 과학자, 건축업자들의 머릿속이다. 아니, 그것도 아닌 것 같다. 내가 정말 궁금했던 건 40년 동안 살아오면서 이 엄청난 학살을 전혀 문제라고 생각하지 않았던 내 머릿속 설계였다. '인간은 동물보다 우월하다', '인간은 만물의 영장', '동물을 이용하고 죽이는 것은 자연의 섭리'라는 '당연한' 믿음에서 출발한 그 생각이 자본주의를 만날 때, 전쟁을 만날 때, 어디까지 뻗어 가는지 무시무시하게 보여주는 이 책을 통해 깨달았다.

역사는 진보한다고 믿었다. 그 역사에 동물이 포함되지 않았을 때의 이야기다. 나는 이제 더 이상 그렇게 생각하지 않게 됐다.

아름답고 비효율적인 세계로의 초대*

1.

어떤 앎은 나에게 들어와 차곡차곡 쌓이고 어떤 앎은 내가 쌓아온 세계를 한 방에 무너뜨린다. 전자는 나를 성장시키고 후자는 나를 다른 세계로 데려간다. 새로운 세계에 들어섰을 때 나는 연신 감탄하며 동시에 이렇게 읊조린다.

"온통 잘못 알고 살아왔군."

"나는 아무것도 몰랐던 거야."

나에겐 이런 이동의 순간이 두 번 있었다. 첫 번째는 19년 전 노들장애인야학을 만났을 때이고, 두 번째는 1년 전 고양이 카라를 만났을 때이다. 두 사건은 18년을 사이에 두고 일어났지만 나에겐 거의 똑같은 충격으로 다가왔다. 내 몸의 반응이 그것을 말해준다. 멀미가 날 것 같은 상태가 1년 넘게 지속되고 있는 것이다. 노들장애인야학을 만난 후 나는 줄곧 장애 인권의 현장에 있었

* 《짐을 끄는 짐승들》(수나우라 테일러, 이마즈 유리·장한길 옮김, 오월의봄, 2020)에 실린 '추천의 글'을 재수록하였습니다.

다. 그리고 요즘 두 세계 사이를 오간다. 하나는 '장애인도 인간이다'라고 외치는 인간들의 세계이고, 다른 하나는 '인간도 동물이다'라고 외치는 동물들의 세계이다. 이것은 내가 경험한 가장 가깝고도 먼 이동이다.

2016년의 어느 날 나는 장애등급제를 폐지하기 위해 마련된 농성장에 앉아 있었다. 맞은편에는 열두 개의 영정이 놓여 있었다. 그들은 불에 타 죽고 맹장이 터져 죽고 맞아서 죽은 장애인들이었다. 그중 절반은 내가 앉은 그 자리에서 시민들을 향해 "서명 부탁드립니다" 하고 외쳤던 동료들이었다. 마치 공포영화의 한 장면처럼 농성이 계속되던 4년 동안 한 명씩 한 명씩 저쪽 죽은 자들의 자리로 건너갔다. 그들의 얼굴을 바라보며 생각했다.

'재난이 일어난 것도 아닌데 어떻게 이렇게 많이 죽을 수 있지?'

그때 막연히 이곳이 이 세계의 가장 밑바닥이라고 생각했던 것 같다. 장애등급제는 장애의 경중에 등급을 매겨 그에 맞는 복지 서비스를 제공한다는 취지의 제도였지만, 실상은 예산을 아끼려는 정부가 서비스를 제한하기 위해 악용하는 도구였다. 칼자루를 쥔 정부가 함부로 휘두르는 칼날에 수많은 장애인들의 팔다리가 잘려나가고 있었다. 시민들에게 나누어주는 전단지에는 몸통이 다 잘린 채로 전시된 '한우 1등급'의 그림과 함께 '장애인은 소, 돼지가 아닙니다'라는 설명이 붙어 있었다.

4년이 흐른 2020년 어느 날 나는 경기도의 도살장 앞에 서 있었다. 그곳에서 소와 돼지들이 도살장 안으로 들어가는 것을 바라보았다. 장애인의 비참한 현실을 비유하기 위해 동원했던 그 존재들이었다. 그들은 모두 살아 있었고 끔찍한 악취 속에서 비명을 지르고 있었다. 수십 마리를 싣고 도살장 안으로 들어갔던 트럭은 10분 뒤 빈 트럭이 되어 그곳을 빠져나왔다. 숫자를 헤아릴 수조차 없는 죽음의 속도 앞에서 나는 할 말을 잃었다. 도살장 앞에서 만난 동물권 활동가들은 이 당연한 현실이 전혀 당연한 게 아니라고, 인간이 동물을 대하는 태도는 대단히 잘못되었다고 말했다. 그 말은 몹시 충격적이면서 동시에 익숙했다. 아니, 익숙했기 때문에 충격적이었다. '동물'의 자리에 '장애인'을 놓는다면 그것은 우리가 무수히 반복해온 말이었기 때문이다.

무언가 어마어마한 세계의 문을 열었다는 것을 나는 동물적으로 알았고 이 놀라운 경험을 동료들에게 전하고 싶었다. 우리처럼 이 세계의 거대한 질서를 온몸으로 들이받으며 싸우는 사람들이 있다는 것을 알려주고 함께하자고 말하고 싶었다. 하지만 나는 한 마리 짐승처럼 말도 함께 잃은 기분이었다. 아무래도 그 구호가 계속 걸리는 것이었다.

몇 년 전 장애인들은 '나는 개가 아니다, 나는 OOO(이름)이다'라는 구호를 장애등급심사센터 건물의 외벽에 커다랗게 쓰는 시위를 한 적이 있었다. 그것은 영화 〈나, 다니엘 블레이크〉에서 질병수당을 받지 못했던 주인공이 지원기관에 항의하며 했던 행동을 오마주한 것이었다. 칸영화제 황금종려상을 받은 영화와 함께 이 퍼포먼스는 제법 언론의 주목을 받았다. 그런데 이 시위 기사 아래에 동물권을 옹호하는 어떤 사람이 불쾌함을 표현하며 '개와 소, 돼지는 그렇게 살아도 된다는 겁니까?'라고 공격적인 문제 제기를 하면서 댓글 창에서 격렬한 논쟁이 벌어졌다. 그때 나는 상대편에 있는 사람을 흥미롭게 바라보았다. 인간이 아니라 개와 소, 돼지에게 감정이입을 하는 인간이 존재한다는 사실과, 그런 자신의 입장을 '우리를 개, 돼지처럼 취급하지 말라'고 외치는 장애인들, 그러니까 우리 사회에서 가장 차별받는 존재들 앞에서 드러내는 저 용기가 그저 놀라웠다.

몇 년이 지나 이제 나는 그의 마음을 안다. 개와 소, 돼지들이 어떻게 살고 또 살해되는지 알게 되었기 때문이다. 그러나 시간을 되돌려 그때로 돌아간다 해도 나는 아무 말도 하지 못할 것이다. 장애인이 어떻게 살고 죽는지에 대해 잘 알고 있어서만은 아니다. 나를 정말로 어렵게 하는 건 내가 '그냥 인간'이 아니라 '비장애인'이라는 사실이었다. 한 번도 짐승 취급을 받아본 적 없는 사람인 것이다. 그의 문제 제기는 정당하지만 나는 그를 옹호할 수는 없을 것 같다. 동시에 나는 우리를 옹호하면서도 우리가 틀렸다고 말하고 싶었다. 하지만 수십 년간 싸워서 만들어낸 자그마한 성과를 짓밟게 될까 두려웠다. 한마디 한마디가 조심스러웠다. 두 세계 사이를 연결할 언어가 나에겐 아주 절실하게 필요했다.

노들장애인야학 교사이자 철학자인 고병권 선생님이 아직 출판 전인 이 책을 야학의 철학 수업 교재로 쓰고 있다는 소식을 들었을 때, 그에게 곧바로 연락해 그 수업을 듣고 싶다고 얘기했다. 그리고 이 책을 받아 읽기 시작했다. 아래의 글을 읽었을 때 너무 신이 나서 책을 꼭 끌어안고 발을 굴렀다.

"자세히 들여다볼수록 동물산업 곳곳에 장애화된 몸이 있다는 걸 깨닫게 된다. 또한 동물의 몸이 오늘날 미국에서 장애를 가진 몸과 마음이 억압당하는 방식과 뗄 수 없는 관계에 있다는 것도 알게 되었다. 이런 생각이 떠올랐다. 만약 동물을 둘러싼 억압과 장애를 둘러싼 억압이 서로 얽혀 있다면, 해방의 길 역시 그렇지 않을까?"

"비인간화된 사람들(장애인들을 포함해)에게는 동물화에 맞서면서 자신들이 인간임을 주장해야 하는 절박한 욕구가 있다. 이런 도전은 절박하고 충분히 이해할 수 있는 것이지만, 그만큼 중요한 것이 있다. 바로, 어떻게 하면 인간의 동물화라는 잔인한 현실과 동물 멸시에 맞설 필요성이 양립할 수 있는지 묻는 것, 더 나아가 어떻게 하면 우리 자신의 동물성을 자각할 수 있는지를 묻는 것이다."

2.

수나우라 테일러는 장애학의 렌즈를 통해 동물 문제를 바라본다. 테일러의 이 작업을 통해 정확하게 이름 붙이는 일이 얼마나 중요한지 알게 되었다. 나는 사육되는 닭과 오리가 부리를 절단당하고 돼지가 꼬리와 성기를 잘린다는 것을 여러 책과 영상을 통해 익히 알고 있었다. 그러나 사실을 있는 그대로 말한다 해서 그 의미가 제대로 전해지는 것은 아니다. 테일러가 이것을 '장애화', 그러니까 인간이 동물에게 고의로 장애를 입히는 행위라고 표현했을 때 나는 처음 그런 사실을 알았을 때보다 더 큰 충격을 받았다. 인간의 손과 발, 코가 마취도 없이 절단되는 일을 연상하고서야 동물들에게 가해지는 폭력이 얼마나 잔인하고 불의한 것인지 알게 된 것이다. 하지만 가장 충격적인 것은 다음에서였다.

"그러나 이 지독한 환경에서 비롯한 장애는 그들이 선천적으로 가지고 태어나는 장애에 비하면 부차적이다. 축산 동물은 신체적 극한에 이를 때까지 품종 개변을 당한다. 젖소의 유방은 몸이 버티지 못할 정도로 많은 젖을 생산하도록 되어 있고, 칠면조나 닭은 자신의 거대한 가슴 무게를 지탱하지 못한다. 또한 돼지의 다리는 체중을 지탱하기에는 너무 약하다."

인간들이 '품종개량'이라고 부르는 이것이 20세기 전반의 야만을 대표하는 우생학의 한 형태라는 것은 내가 살면서 알게 된 가장 무시무시한 진실이다. 장애인을 공동체의 짐으로 간주하여 가스실로 몰아넣고 단종을 시행하던 그 과학이 여전히 건재한 정도가 아니라 거대한 산업이 되었고 그 위에서 '풍요로운' 문명과 인권이 꽃피었다. 어떤 인간도 '짐승처럼' 살게 하거나 죽게 해서는 안 된다며 떠나온 그 자리에 '짐승'들을 남겨두었고 그들에겐 역사상 유례없는 야만과 학살이 자행되었다. 현대의 동물들은 컨베이어벨트 위에서 죽는다. 더욱 끔찍한 것은 거대한 학살이 아니라 거대한 출생이다. 컨베이어벨트 위에서 그들이 끊임없이 태어난다. 이 불의와 폭력이 그들의 숫자만큼 태어난다.

테일러는 이토록 완벽한 착취가 가능한 이유 역시 이 사회가 장애를 바라보는 시선과 연결되어 있다고 말한다. 동물들을 말하지 못하고 생각하지 못하며 고통조차 느끼지 않는 존재로 바라보는 것이다. 그들의 고유한 능력은 무시되고 오직 이성과 언어 같은 인간 중심적 능력이 절대 기준이 된다. 테일러는 어떤 능력을 갖거나 갖지 못했다는 이유로 차별하는 것이 바로 비장애중심주의이며 이것이 다른 종에게로 확대된 것이 종차별주의라고 말하면서 동물과 장애인 모두의 가치를 폄하하는 비장애중심주의에 대해 검토해야 한다고 제안한다.

그리하여 테일러는 비장애중심주의가 어떻게 동물들을 억압하는지 섬세하고 치열하게 보여준다. 동시에 동물권운동가들 내부에 스며들어 있는 비장애중심주의도 드러낸다. 뛰어난 인지능력을 가진 동물과 신체적 · 정신적 능력의 결핍을 가진 인간들을 비교함으로써 동물의 권리를 옹호하는 태도이다. 테일러는 이런 주장이 지

난 몇 십년간 겨우 기본적인 권리를 쟁취한 장애인들을
매우 불쾌하게 만들고 장애인과 동물을 대립시키는 불
행한 효과를 낳았다고 말한다. 장애인과 동물이 엄연히
다른 존재임에도 장애인이 끊임없이 동물화되는 이유
는 동물이 오랜 세월 무능하고 결핍된 존재로 장애화되
었기 때문이다. 테일러는 이에도 맞선다. 인간들이 동물
의 언어와 행동을 무시했을 뿐 그들은 끊임없이 말하고
저항했음을 도살장과 동물원을 탈출한 동물들을 통해
보여주는 것이다.

　동물들이 자신의 해방을 위해 투쟁하는 이야기를 정
말로 인상적으로 읽었고 더 많은 이야기가 궁금하다. 나
는 동물들의 두려움과 어려움, 용기를 상상할 수 있을
것 같다. 장애인들의 저항을 기록하는 나는 비장애인들
이 그저 생존 본능 정도로 치부하는 장애인들의 저항이
얼마나 어렵고 치열하게 준비되는 것인지, 얼마나 큰 용
기가 필요한 일인지 잘 알고 있다. 우리 사회를 진보적
으로 변화시키는 운동사회 역시 비장애중심주의의 뿌
리가 깊어서, 권력에 맞서 투쟁하는 인간을 상상할 때

우리는 언제나 뛰어난 신체와 높은 정신력, 드높은 이상과 신념을 가진 비장애인을 떠올린다. 거기에 부합하지 않으면 그저 절규나 비명인 것이다. 동물과 장애인에 대한 가치 폄하는 이렇듯 닮아 있고, 나는 내가 한 일이 테일러의 작업처럼 비장애중심의 저항운동을 '불구화'하려는 노력임을 알게 되었다.

동물을 착취하는 비장애중심주의를 넘어서기 위해 테일러 역시 동물정의(animal justice)를 요구하는 사람들이 제시하는 '감각력'에 도달한다. 랍스터에서 소, 침팬지에 이르기까지 동물들에겐 감각이 있고 즐거움과 고통을 느끼며 그런 존재를 대하는 것은 핸드폰이나 의자, 바위, 나무를 대하는 것과는 달라야 한다는 것이다. 하지만 감각력 역시 현시점에서 우리가 가진 유일한 기준일 뿐 그것의 인간 중심적 한계는 여전히 남아 있음을 테일러는 잊지 않는다. 굴은 감각력이 없다는 연구나 식물도 감각할 수 있다는 최근의 연구들이 있고, 혹자는 이 복잡함을 이유로 동물정의를 순진하고 어리석다고 비웃지만 테일러는 정의가 존재자들의 종류만큼이나 다르다며 이렇게 썼다.

　"나는 이 모든 질문들에 끌린다. 이 질문들에 쉬운 답이 없다는 바로 그 이유 때문이다. 이 질문들은 우리가 자연이라 부르는 것이 인간적 분석과 필요에 맞게 쉽게 범주화할 수 있다는 생각을 산산조각 낸다. 이 책에서 '동물'에 관해 논할 때, 여기서 말하는 동물이란 무엇이고 누구를 말하는 것이냐는, 언뜻 보기에는 매우 단순한 질문에조차 나는 제대로 대답할 수 없다. 그런 분류학적 기제를 이미 확정되어 변경 불가능한 것으로 제시하기보다는 '동물'에 대한 나의 정의를 넓게 열어두고자 한다. 우리의 환경 그리고 우리와 함께 살아가는 존재들은 우리가 수립한 제한적인 정의를 완고하게 거부하기 때문이다."

　이 복잡한 세계를 종횡무진하던 테일러는 결국 이 알 수 없는 세계 앞에 나를 데려다놓았다. 그의 치밀한 논증을 따라가기 위해 몸과 정신이 팽팽히 긴장해 있던 나는 맥이 탁 풀리고 말았다. 하지만 테일러가 '여기서부턴 함부로 선고해도 돼'라고 하지 않고 '알 수 없으므로 우리는 그들에게 유리한 판단을 해야 한다'고 말할 때 가슴이 뜨거워지고 코가 시큰거렸다. 거부할 도리가 없는 아름다운 말이었다. 인간이 이 세계의 모든 것을 이해할 수 있다고 믿는 인간중심주의와 비장애중심주의를 그가 보기 좋게 조각 내었다. 세계의 확장은 내가 아는 만큼이 아니라 내가 알 수 없는 세계가 있음을 인정하고 존중할 때 가장 혁명적으로 이루어진다. 동물권의 세계에 눈떴을 때, 그 아득하고 거대한 세계에 들어선 기분이 무엇이었는지 설명할 언어를 찾았다.

3.

테일러는 나에게 정말로 소중한 언어를 주었다. 하지만 이런 문장을 만나면 나는 다시 할 말을 잃게 된다.

"어떤 동물의 언어나 소통 능력이 어째서 그 동물을 대하는 방식을 바꾸게 되는가?"

이것은 부이의 이야기에서 나왔다. 영장류연구소의 일원이었던 로저 파우츠 박사는 어린 침팬지였던 부이에게 수어를 가르쳐주었고 연구가 끝나자 그곳을 떠났다. 그 후 동물실험을 하는 곳으로 팔려 간 부이는 인간에 의해 고의로 바이러스에 감염되었고 13년간 케이지에 갇혀 혼자 지냈다. 세월이 흘러 파우츠는 방송국으로부터 침팬지의 현실을 다루고 싶다는 연락을 받았다. 부이를 남겨두고 왔다는 죄책감을 갖고 있었던 파우츠는 방송이 부이를 자유롭게 만들어줄 기회가 될 수도 있다는 생각에 출연을 결심했다.

부이와 파우츠가 만나는 장면을 읽을 때면 언제나 눈물이 난다. 부이는 파우츠조차 잊고 있던 파우츠의 별명을 기억했다. 아름다운 옛 시절을 잊지 않았고 철창 안에서 파우츠에게 손을 내밀어 침팬지의 애정 표현인 털 고르기를 해주었다. 파우츠는 이렇게 썼다.

"13년을 지옥에서 지냈는데도 나를 용서해주었고 여전히 순수하다. 부이는 아직도 나를 사랑해준다. 인간이 자신에게 저지른 그 모든 짓에도 불구하고 말이다. 이처럼 너그러운 마음을 가진 사람들이 얼마나 될까?

방송이 나가자 대중들이 격렬히 항의했고 그 덕분에 부이는 비영리 동물보호소로 옮겨졌다.

테일러는 이 가슴 시린 장면에서도 그들이 연민을 가장 크게 불러일으키는 방식으로 필요한 일을 정확히 수행했을 가능성을 상상한다. 둘 모두 출구가 필요했기 때문이다. 파우츠의 시선이 장애인을 바라보는 우리 사회의 시선과 닿아 있기 때문에 나 역시 테일러의 생각에 전적으로 공감하면서도 그의 질문이 어쩐지 바로 나를 겨냥한 것처럼 느껴졌다.

"수어를 모르는 침팬지는 외롭게 감금되고 실험당하는 삶을 선고받는 반면, 수어를 쓰는 침팬지는 어째서 해방을 촉구하는 대중적 항의를 불러일으킬 수 있는 걸까?"

우리가 케이지에서 꺼내고 싶었던 것은 "언어나 이성 같은 인간적 능력"이 아니었던가? 언어는 어떻게 그런 권력을 갖게 되었나. 나는 이 질문에 사로잡혀 몇 개월을 이 질문을 품고 지냈다. 나는 인권이 짓밟힌 사람들의 이야기를 기록한다. 장애인이나 부랑인 수용소의 피해생존자 같은 이들을 만나 '말로는 설명할 수 없다'는 어떤 것을 기어이 말하게 하고 그것을 다시 글로 바꾸는 일이다. 삶이 부서진 사람들의 말은 갈가리 찢겨지고 조각나 있기 일쑤였다. 장애 때문이기도 하고 낮은 교육 수준이나 트라우마 때문이기도 했다. 그 파편들을 모아 거기에 논리와 서사를 부여하고 하나의 이야기를 완성하는 게 내 역할이다. 하지만 나는 내가 기록한 글을 보며 자주 공허함을 느꼈다. 현실의 그들은 '짐승처럼' 울었는데 글 속엔 '인간'만 보일 때 그랬다.

출구가 필요했으므로 어쩔 수 없다고 여겼다. 인간의 공감을 얻으려면 인간의 언어를 써야 했다. 인간이란 결국 비장애인이고 그 언어는 교양 있는 사람들이 쓰는 서울말 같은 것이다. 한 편의 글로 재구성된 사람들은 폭력적으로 짓밟혔으나 위협적이지 않았고 고통받았으나 다정함을 잃지 않으려 애쓰는 존재들이었다. 그렇게 완성된 글은 멀리까지 날아갔고 대중들의 공감을 얻었다. 그러니까 테일러의 저 질문을 받았을 때 나는 내가 파우츠 같다고 생각했다. 원했던 건 진실이 아니라 대중들의 공감 그 자체였을지도 모른다고, 언어를 통해 누군가의 해방을 도우려는 인간의 모순과 번뇌에 대해 알 것 같다고 생각했다.

그러나 시간이 점점 갈수록 나는 내가 부이였다는 걸 깨달았다. 갇힌 건 바로 나 자신 같았다. 누군가의 고통을 기록하면서 나는 언어가 얼마나 대단한 힘을 가졌는지 알아갔다. 그리고 꼭 그만큼 두려움도 커져갔다. 내가 만난 인간들과 내가 느낀 감정은 내가 가진 언어보다 언제나 훨씬 더 복잡하고 거대했다. 언제나 출구를 찾아 헤매는 기분이었고 제대로 된 언어만이 그 열쇠라고 믿었다. 정확히 쓰지 못할까 봐 나는 점점 더 불안해졌고 잠을 잘 이루지 못했다.

해방은 벼락같이 찾아왔다. 단어와 문장, 이성과 공감 같은 것들로 꽉 차 있던 나의 감옥에 작은 고양이가 사뿐사뿐 걸어 들어온 날이었다. 그가 지나는 자리마다 내가 추구했던 모든 인간적인 것들의 권위가 추풍낙엽처럼 떨어졌다. 그리고 그 자리에 새로운 언어가 자라났다. 몸으로 말하고 현재를 살며 서로의 작은 몸짓에 주의를 기울여야 하는 동물적 언어. 그것이 미치도록 좋았다. 그리고 그때부터 동물들의 소리가 쏟아지듯 내 귀에 들려오기 시작했다. 나는 그것이 잘 들리지 않는 소리를 듣기 위해 노력했던 인권 기록 활동으로 길러진 어떤 감각 때문이라고 생각했다. 그러나 사실은 그 반대였다. 나는 인간의 언어라는 좁은 케이지에 갇혀 있었다. 언어에게 너무 큰 권력을 줘버려서 그것에 잠식당했다.

불안으로 쉽게 잠들지 못하는 밤엔 고양이를 쓰다듬는다. 그는 몸통 어딘가를 울려 그르렁그르렁 낮은 진동 소리를 낸다. 인간이 이해할 수 없고 언어가 흉내 낼 수 없는 세계가 있다는 걸 받아들이며 잠이 든다. 동물의 해방을 위해 무엇이든 하고 싶다는 마음은 공감이나 죄책감 같은 인간적인 것과 상관이 없다. 오히려 그 반대다. 비장애중심사회가 우리의 인간성을 억압하듯 인간중심사회는 우리의 동물성을 억압한다. 나는 내가 너무 인간인 것에 지쳤고 동물적인 관계 속에서 말할 수 없는 기쁨과 해방감을 느꼈다. 기쁨만큼 슬픔을 바라볼 힘이 생기고 해방감만큼 책임감이 생긴다.

동물들의 고통에 귀 기울여야 하는 이유에 대해 어떤 사람들은 이렇게 말할 것이다.

"우리는 인간이지 않습니까."

하지만 이렇게도 말할 수 있을 것이다.

"우리는 동물입니다."

이 책을 읽으며 얻은 가장 중요한 배움은 바로 이것이다. 옳은 것, 협력하는 것, 평등한 것, 정의로운 것, 저항하는 것, 해방적인 것 등 인간이 독점해버린 이 아름다운 가치들을 동물이란 이름에게 돌려주어야 한다는 것이다.

4.

관절굽음증이라는 신체적 장애와 뛰어난 지적·언어적 능력을 통합해 장애해방과 동물해방, 페미니즘을 종횡무진 오가는 테일러의 글쓰기는 너무나 매력적이다. 그는 나에게 언어를 주었다 빼앗길 반복하고 나는 언어를 쌓았다 무너뜨리길 반복했다. 테일러는 어떤 몸들을 열등하다고 낙인찍고 감금하고 때리고 죽일 수 있는 존재로 바라보는 한 동물해방도 장애해방도 일어날 수 없음을 보인다. 장애인 차별에 저항한다면 종차별에도 저항해야 하며, 종차별에 반대하는 비거니즘에 대해선 동시에 비장애중심주의에도 반대하는 급진적 입장이라고 말한다. 그리고 비거니즘을 '불구화'한다. 비거니즘 또한 사회적·정치적·경제적 맥락 속에 있어서 누군가는 음식을 선택함으로써 저항할 수 있는 더 나은 위치에 있음을 인정하고, 더 다양한 실천의 영역을 만들어가는 것이 중요하다고 말한다.

장애인은 다양한 방식으로 짐이나 짐승으로 제시되었다. 장애해방과 동물해방이라는 목표를 향해 나아간다는 것은 그 모욕과 굴레를 벗기 위해 싸우는 과정에서 그 자리에 동물들을 남겨두지 않도록 노력하는 것이다. 장애인을 배제하는 사회를 향해 '아무도 남겨두지 말라'고 외치면서 또 다른 편에선 동물들을 배제한다면 그것이 어떤 논리이든 그것은 다시 장애인을 배제하는 칼날이 되어 돌아올 것이기 때문이다. 그런 의미에서 DIIAAR(동물실험의 대안을 지지하는 장애인과 불치병 환자들)의 투쟁은 눈물겹게 멋있고 아름답다. 동물실험의 혜택을 입은 장애인으로서 동물실험에 맞섰던 그들은 자신들 대신 동물들이 희생되는 것에 반대했다. 테일러는 그들의 가장 위대한 힘에 대해 이렇게 말한다. 동물 연구를 통해 치료법을 찾고 싶어 하는 다른 장애인들과 맞서면서 동물권운동과 장애권운동이 충돌하는 가장 어렵고 뜨거운 장으로 들어섰다고. 자연은 분명 약육강식, 적자생존의 질서를 따라 움직이기도 하지만 또한 협력적이며 정의롭다는 것을, 사랑도 공감도 모두 자연스럽다는 걸 그들이 뜨겁게 보여주었다.

짐과 짐승이 서로를 끌고 해방을 위해 함께 나아가자고 제안하는 이 책의 모든 장이 좋았다. 이 치열한 책을 네 번 읽었다. 글쓰기를 두려워하는 내가 기쁘게 이 글쓰기에 응한 이유는 필사적으로 읽기 위해서였다. 동물권을 위해 싸우는 동료들과 인권을 위해 싸우는 동료들 모두에게 간절하게 전하고 싶었기 때문이다. 모든 인간은 평등하다고 외치는 인간들 그리고 모든 동물은 평등하다고 외치는 동물들과 함께 둘러앉아 이 책을 읽고 싶다. 경쟁과 효율성, 자립, 언어와 이성을 중심에 두지 않는 새로운 삶의 방식을 함께 상상하며 서로가 꿈꾸는 세계가 놀랍도록 닮았다는 것을 기쁘게 확인하고 싶다.

나는 동물

초판 1쇄 발행 2023년 10월 20일
초판 3쇄 발행 2024년 7월 10일
지은이 홍은전

발행인 박지홍
발행처 봄날의책
등록 제311-2012-000076호 (2012년 12월 26일)
서울 종로구 창덕궁4길 4-1 401호
전화 070-4090-2193
E-mail springdaysbook@gmail.com

기획·편집 박지홍 김현림
디자인 공미경
인쇄·제책 한영문화사

ISBN 979-11-92884-28-8 03810